KB268196

나누는 즐거움
우리 공동체

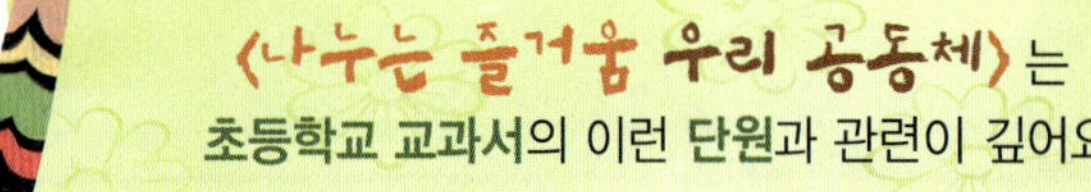
〈나누는 즐거움 우리 공동체〉는
초등학교 교과서의 이런 단원과 관련이 깊어요.

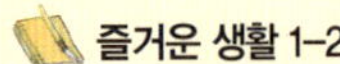

나누는 즐거움
우리 공동체

우리누리 글 · 김주리 그림

주니어중앙

어린이가 꿈을 키우는 터전

꿈 많은 어린 시절엔 장대한 역사와 위대한 문화유산에 관한
책을 읽는 것이 좋다.
거기에는 어린이가 꿈을 키우는 터전이 있기 때문이다.
감수성 예민한 어린 시절엔 흥미로운 그림을 통하여
재미있게 이야기를 풀어 간 책이 좋다.
그것은 시각적 인식을 통해 어린이의 상상력을 자극하기 때문이다.
『오십 빛깔 우리 것 우리 얘기』는 이런 필요조건을 갖춘
고급 어린이 교양도서라 할 만한 것이다.

유홍준

(전 문화재청장, 현 명지대 교수,
『나의 문화유산 답사기』 저자)

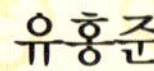

이 책을 추천해 주신 선생님들

● 전래 놀이, 풍속과 관련된 수업에 활용하고 있습니다. 옛 풍속과 관련해서 요즘에는 잘 사용하지 않는 용어들이 있어서 아이들이 어려워하는데, 이 책에는 사진 자료와 함께 쉽고 정확하게 설명이 되어 있어 아이들이 이해하기 쉽게 되어 있습니다.

— 손영수 선생님(가사초등학교)

● 아이들이 우리의 전통문화를 쉽게 접할 수 있도록 도움을 주는 소중한 자료입니다. 우리 학교의 독서 퀴즈 대회에서 매년 사용하는 책이랍니다.

— 성주영 선생님(도당초등학교)

● 우리의 옛 풍습과 문화, 관혼상제 등에 대해 자세히 설명되어 있어 수업을 하기 전에 미리 읽어 오라고 하는 도서입니다.

— 전은경 선생님(용산초등학교)

● 우리의 문화와 역사를 초등학생들이 이해하기 쉽도록 재미있는 옛이야기로 풀어낸 점이 가장 마음에 듭니다. 초등 교과와 연계된 부분이 많아 학교 수업에 많이 활용하는 도서입니다.

— 한유자 선생님(삼일초등학교)

김임숙 선생님(팔달초)	조윤미 선생님(화양초)	이경혜 선생님(군포초)	염효경 선생님(지동초)
오재민 선생님(조원초)	박연희 선생님(우이초)	박혜미 선생님(대평중)	이진희 선생님(수일초)
최정희 선생님(온곡초)	정경순 선생님(시흥초)	박현숙 선생님(중흥초)	김정남 선생님(외동초)
이광란 선생님(고리울초)	김명순 선생님(오목초)	신지연 선생님(개포초)	심선희 선생님(상원초)
문수진 선생님(덕산초)	정지은 선생님(세검정초)	정선정 선생님(백봉초)	김미란 선생님(둔전초)
김미정 선생님(청덕초)	조정신 선생님(서신초)	김경아 선생님(서림초)	김란희 선생님(유덕초)
정상각 선생님(대선초)	서흥희 선생님(수일중)	윤란희 선생님(안산시근로자시민문화센터어린이도서관)	

향기를 오롯이 담아낸 그릇

『오십 빛깔 우리 것 우리 얘기』 시리즈가 처음 출간된 지 어느덧 16년이 되었습니다. 그동안 수많은 어린이와 부모님 그리고 선생님들의 사랑을 받으며 전 50권이 완간되었고, 어린이 옛이야기 분야의 고전(古典)이자 스테디셀러로 굳건히 자리매김해 왔습니다.

이 시리즈는 '소중히 지켜야 할 우리 것'에 대한 이야기를 어린이를 위해 '쉽고 재미있게' 풀어쓴 책입니다. 내용으로는 선조들의 생활과 풍습 이야기, 문화재와 발명품 이야기, 인물과 과학기술·예술작품 이야기, 팔도강산과 고유 동식물 이야기 등 우리나라 역사와 전통문화 모든 영역을 총망라하고 있습니다. 그리고 이를 50가지 주제로 엮어 저학년 어린이도 얼마든지 볼 수 있도록 맛깔나는 옛이야기로 담아냈습니다. 장대한 역사와 위대한 문화유산을 배우기에 옛이야기만큼 좋은 형식도 없기 때문입니다.

대한민국 국민으로서 알아야 하고 전해야 할 우리 것, 우리 얘기는 아주 많습니다. 그동안 이 시리즈를 통해 많은 어린이가 우리 것을 알게 되고, 우리 얘기를 사랑하게 되었을 것입니다. 시간이 흘러도 역사와 전통문화의 향기는 변하지 않기 때문입니다.

하지만 저희는 그 향기를 담아내는 그릇이 그간 색이 바래고 빛을 잃었다는 사실에 가슴이 아프고 안타까웠습니다. 그래서 책에서 전하는 우리 것의 향기를 오롯이 담아낼 수 있는 새로운 그릇을 찾고자 하였습니다. 그 그릇을 통해 향기가 더욱 그윽해지고 멀리까지 퍼져서 수백 년, 수천 년 전의 우리 것이 오늘날에도 살아 숨 쉴 수 있도록 생명력을 주고자 하였습니다.

이에 몇 가지 원칙을 가지고 『오십 빛깔 우리 것 우리 얘기』 시리즈를 새롭게 출간하게 되었습니다.

◎ 원작이 가지는 옛이야기의 맛과 멋을 그대로 살렸습니다.

◎ 요즘 독자들의 감각에 맞추어 디자인과 그림을 50권 전권 전면 개정하였습니다.

◎ 교과 학습의 길잡이가 될 수 있도록 연계 교과를 표시하였습니다.

◎ 학습정보 코너는 유익함과 재미를 함께 줄 수 있도록 4컷 만화, 생생 인터뷰,

　 묻고 답하기 등으로 내용을 재구성하였고, 최신 정보와 사진을 수록하였습니다.

◎ 도표, 연표, 역사신문, 체험학습 등으로 권말부록을 풍성하게 꾸며서

　 관련 교과 학습을 강화하였습니다.

이 책을 처음 읽었을 8살 꼬마 독자는 지금쯤 나라와 민족에 긍지를 가진 25살 자랑스러운 대한민국 청년이 되었을 것입니다. 그 청년이 부모가 되어서도 자녀에게 다시 권할 수 있는 그런 책이 되기를 바라며, 이 시리즈를 오십 빛깔 그릇에 정성껏 담아 내어놓습니다.

주니어중앙

상부상조의 전통이 살아 숨 쉬는
우리 조상들의 공동체

"한낮에 쩔쩔 끓던 불볕은 저녁이 되어도 땅이 식지 않았다. 북소리가 둥둥 울리자 그들은 신이 나서 모두 정자나무 밑으로 몰려들었다. 풍물이 제각기 소리를 내니 마을에는 별안간 명절 기분이 떠돌았다. 어린아이들은 함성을 올리며 돌아다닌다……. 두레가 난 뒤로 마을 사람들의 기분이 통일되었다."

이 글을 읽고 어떤 모습이 떠오르나요? 온 마을 사람이 함께 모여 한바탕 즐겁게 노는 모습이 떠오르지 않나요? 생각만 해도 신이 나고 어깨가 들썩여지는 모습이지요. 이 글은 이기영이라는 소설가의 〈고향〉이라는 작품에 나오는 한 대목이에요. 우리 민족의 가장 전형적인 공동체 조직인 두레에 대해 잘 표현한 글이지요.

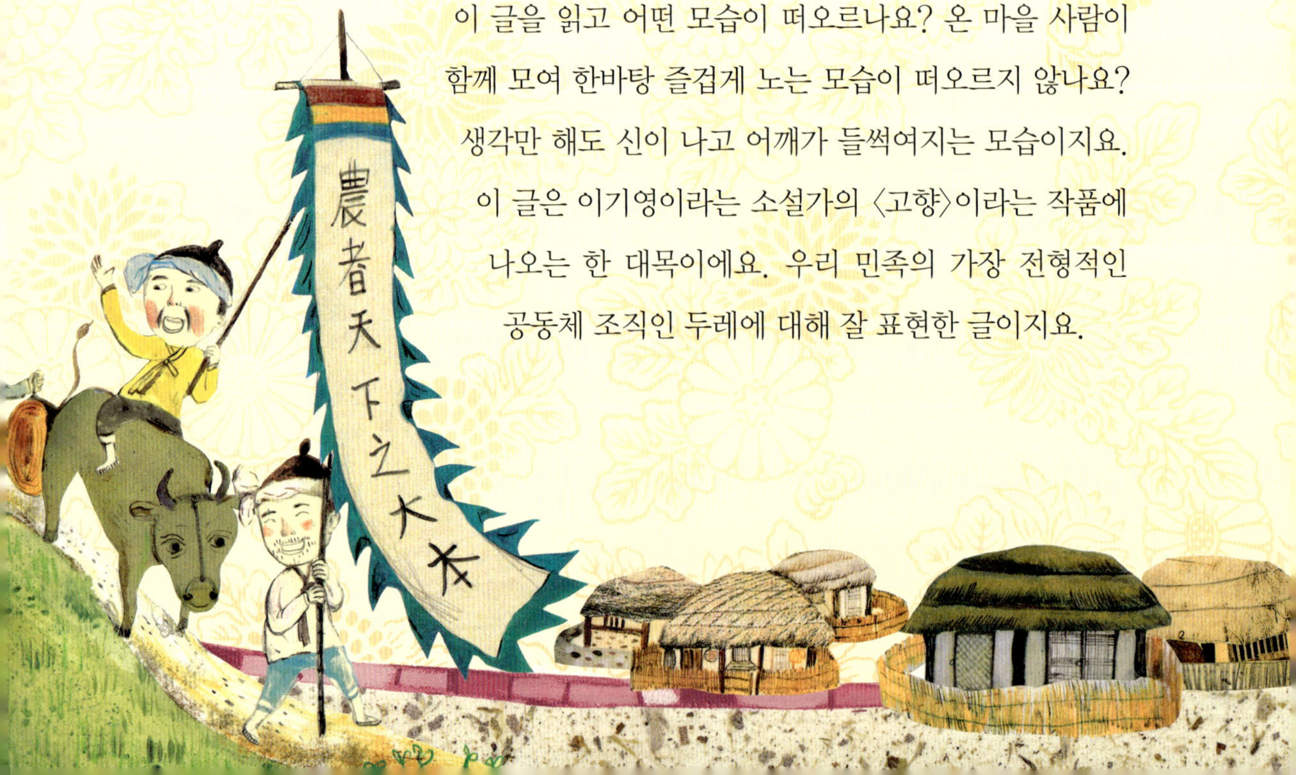

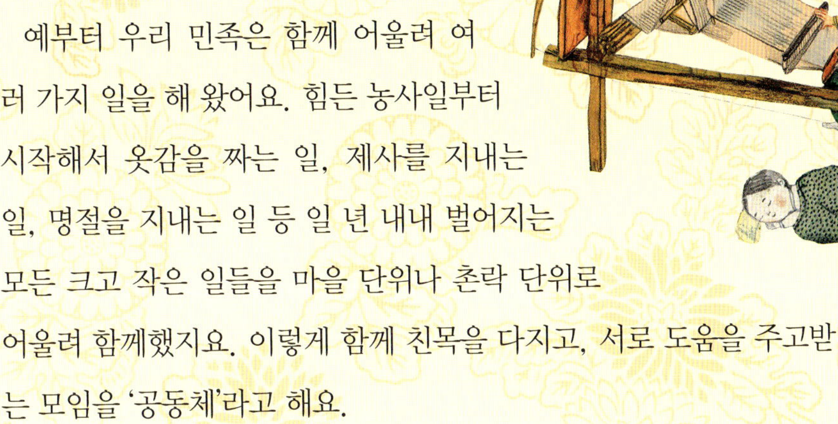

　예부터 우리 민족은 함께 어울려 여러 가지 일을 해 왔어요. 힘든 농사일부터 시작해서 옷감을 짜는 일, 제사를 지내는 일, 명절을 지내는 일 등 일 년 내내 벌어지는 모든 크고 작은 일들을 마을 단위나 촌락 단위로 어울려 함께했지요. 이렇게 함께 친목을 다지고, 서로 도움을 주고받는 모임을 '공동체'라고 해요.

　공동체는 만드는 사람들의 목적에 따라 다양했어요. 농사일을 하는 두레, 경제를 일으키기 위한 계, 서로 일을 나누고 돕는 품앗이 등 노동 공동체가 있었는가 하면, 화랑도처럼 나랏일을 하기 위한 청년 공동체도 있었고, 향도처럼 종교적 공동체로 출발한 것도 있었지요. 이렇게 공동체가 발달한 이유는 우리 민족이 나보다 남을 먼저 생각하고, 자신의 이익만을 추구하기보다 모두가 함께 잘살기 위한 방법을 먼저 찾는 민족이기 때문이에요.

　이제부터 서로 돕기 좋아했던 우리 민족이 어떤 공동체를 만들고 그 안에서 어떻게 생활했는지 살펴보러 떠나 볼까요?

어린이의 벗 우리누리

차 례

부록

도움 주고 도움 받는
품앗이

봄이 왔어요. 시냇물이 졸졸졸 흐르고 산새들이 지저귀어요. 겨우내 단단하게 얼었던 땅도 사르르 녹아 새봄을 맞을 준비를 해요.

"자, 이제 또 한 해 농사를 시작해야겠군."

"올해도 풍년이 들어야 할 텐데……."

마을 사람들은 올 한 해 농사가 잘되기를 바라며 흙냄새 물씬 나는 논밭을 돌아보았어요.

"아이고, 저기 좀 봐."

"저런, 논둑이 다 허물어졌네. 어서 가래질을 해야겠어."

논둑은 논 가장자리에 흙으로 길고 높게 쌓아올린 둑이에요. 날이 풀리면서 겨울 동안 얼어붙었던 논둑이 녹아 무너져 내린 것이지요. 논둑이 무너지면 논에 차 있던 물이 빠져나가 버려 농사짓기가 힘들어져요. 그래서 농부들은 해마다 봄이면 논둑을 쌓아올리는 일로 농사를 시작하지요.

"자, 말이 나온 김에 지금 하세. 어서 가서 가래를 들고 오자고."

수남이 아버지의 말에 따라 기운 센 마을 사람들이 가래를 들고 논으로 나왔어요. 가래는 흙을 파헤치거나 떠서 던지는 데 쓰는 농기구예요. 혼자서는 다루기가 힘들어서 세 사람이 힘을 합해야 하지요. 한 사람이 자루를 잡고 가운데에 서면 나머지 두 사람이 양옆에 있는 줄을 당겨 흙을 떠서 던지게끔 만들어졌어요. 가래 질 하는 사람들이 가래로 흙을 떠서 던지면, 나머지 사람들이 그 흙으로 논둑을 채워 다졌지요.

"어영차, 어영차! 어기영차, 어영차!"

"이 논배미를 빨리빨리, 저 논배미는 어서 돌아, 해지기 전에 어서어서 빨리 돌아라. 어영차!"

마을 사람들은 노래를 부르며 논둑을 다졌어요. 한나절이 지나
자 마을의 논둑이 대부분 다져졌어요.

"거의 다 된 것 같군. 오늘 나온 사람 가운데 아직 가래질을 마
치지 않은 집이 있나?"

수남이 아버지의 물음에 아무도 대답이 없었어요.

"모두 수고했네. 이제 그만 집으로 돌아가 쉬도록 하세."

마을 사람들은 땀을 닦으며 인사를 했어요. 그때였어요.

"저기 저 논이 누구네 논이더라?"

수남이 아버지가 고개를 갸웃거리며 가장 구석진 곳에 있는 작
은 논을 가리켰어요.

“저기? 저기는 순이네 논이 아닌가. 지난겨울 순이 아버지가 멀리 한양에 간 뒤 여태 소식이 없다더군.”

“그럼 순이 할머니와 순이 단둘이 있다는 얘기야?”

“그렇지. 그러니 일할 사람이 없겠지. 저대로 두었다가 비라도 한차례 오면 논이 엉망이 될 텐데…….”

수남이 아버지와 마을 사람들은 순이네 집으로 찾아갔어요.

“순이 할머니, 계세요?”

“누구신가? 아이고, 자네들이 웬일인가? 어서 들어오게.”

수남이 아버지는 공손히 인사를 드린 뒤 말문을 열었어요.

“제가 보니 논둑이 많이 허물어져서요. 저대로 두면 안 될 것 같습니다. 서둘러 가래질을 해야 할 것 같은데…….”

순이 할머니는 한숨을 내쉬었어요.

“후유, 그걸 왜 모르겠나. 이제나저제나 한양에 간 이 아이 아비만 기다리고 있다네.”

옆에 있던 순이도 고개를 푹 숙였어요. 그 모습을 본 수남이 아버지는 생각에 잠겼어요. 그러고는 곧 환하게 웃으며 말했어요.

"마을에 힘센 남자들이 이렇게 많은데 무슨 걱정이세요. 저희가 돕겠습니다. 자네들, 그럴 수 있지?"

“그럼, 여부가 있겠나. 하하하.”

마을 사람들은 웃으며 고개를 끄덕였어요. 순이 할머니는 수남이 아버지의 손을 몇 번이나 쓰다듬으며 말했어요.

“고맙네, 고마워. 고마워서 어찌할꼬.”

다음 날 아침, 순이네 논으로 마을 사람들이 모여들었어요. 수남이 아버지가 가래의 자루와 몸 부분인 가랫장부를 잡고, 복길이 아버지와 연지 아버지가 가랫줄을 잡았지요. 세 사람은 힘을 합해 순식간에 논둑을 쌓아올렸어요. 순이 할머니는 연신 싱글벙글 웃으며 좋아서 어쩔 줄 몰랐어요.

며칠이 지났어요. 동네 전체가 모내기하기로 한 날을 하루 앞둔 저녁, 순이네 집 굴뚝에서는 밤늦도록 모락모락 연기가 피어올랐어요. 순이 할머니가 부엌에서 무언가를 열심히 만들고 있었지요.

“할머니, 뭐 하세요?”

“내일이 동네 모내기하는 날이잖니. 우리 논에도 모를 내야 하는데 네 아버지가 없으니 또 마을 사람들 신세를 질 수밖에. 그래서 새참이라도 내어 가려고 준비하고 있단다. 졸리지? 어서 가서 자렴.”

순이 할머니는 밤새도록 불을 지피고 정성껏 음식을 만들었어요.

다음 날, 아침을 먹자마자 논으로 나온 마을 사람들은 저마다 소매를 걷어붙였어요.

"자, 수남이네 논부터 시작해 볼까?"

사람들은 논에 줄을 드리우고 한 줄로 나란히 서서 빠르게 모를 심기 시작했어요. 논바닥에 가지런히 모를 꽂고 난 뒤, 바로 줄을 옮겨 다시 모를 꽂았지요. 모두 하나가 되어 착착 모를 꽂는 모습은 그야말로 볼 만했어요.

점심때가 되어 해가 하늘에 높이 걸리자, 모를 내는 사람들의 등이 땀으로 축축하게 젖었어요.

"아이고, 허리야!"

"슬슬 배도 고픈걸."

마을 사람들은 허리를 두드리며 이마에 흐르는 땀을 닦았어요.

그때 저만치서 동네 아낙들이 먹을 것을 이고 나타났어요. 그 속에는 순이 할머니도 있었어요.

순이 할머니는 간밤에 맛있게 찐 떡과 부침개를 잔뜩 이고 걸음을 재촉했어요. 순이도 막걸리가 든 주전자를 들고 쏟아질세라 조심조심 종종걸음을 치며 따라왔어요.

"와, 새참이다. 새참이 와요!"

마을 사람들은 논에서 뛰어나와 아낙들을 반겼어요.

"이야, 꿀맛이군. 꿀맛이야."

"일하다 먹는 새참만큼 맛난 것이 어디 있을까."

모두 논두렁에 두런두런 모여앉아 맛있게 새참을 먹었어요.

"자, 이제 배도 부르니 다시 힘을 내어 일해 봅시다."

오후 해가 뉘엿뉘엿 넘어갈 때쯤 되자 동네의 모든 논에 파릇

파릇한 모가 심겼어요. 마을 사람들은 푸른 논을 바라보며 올 한 해 농사가 잘되기를 저마다 기원했어요.

예부터 우리나라 사람들은 서로 도움을 주고받으며 정답게 살아왔어요. 농촌과 같이 일 년 내내 일손이 필요한 곳에서는 한 가족이 모든 일을 감당하기가 너무 고되었어요. 그래서 이웃의 도움을 받아야만 했지요. 이렇게 도움을 받은 사람은 다음에 도와준 사람의 일을 해 주어 신세진 것을 갚았는데 이것을 '품앗이'라고 해요.

품앗이는 일이란 뜻의 '품'과 교환한다는 뜻의 '앗이'를 더한 말이에요. 품삯과 같은 대가를 바라지 않고 일대일로 도움을 주는, 인정 넘치는 우리 고유의 풍습이라고 볼 수 있지요.

품앗이는 일 년 내내 수시로 이루어졌어요. 품앗이를 하는 일의 종류도 고된 농사일부터 크고 작은 집안일까지 매우 다양했지요. 노인에서부터 어린 아이까지 마을 사람 모두 힘을 모아 일을 하면 일이 잘되는 것은 물론, 이웃 사이의 정도 더욱 두터워졌어요. 우리 민족은 이렇게 품앗이를 하며 이웃 간에 의리를 지키고 어렵고 힘든 일들도 슬기롭게 잘 헤쳐 나갔답니다.

오늘날에도 이어지는 품앗이

품앗이는 고대 사회부터 이어져 내려온 아름다운 풍습이에요.
예부터 농경 사회였던 우리나라에서 가장 오래된 공동 노동 풍습이라고
볼 수 있지요. 품앗이에 대해 좀 더 자세히 알아볼까요?

품앗이는 도움을 베푸는 쪽과 갚는 쪽이 서로 의리로 엮이는 풍습이에요. 도움을 받았다고 해서 반드시 갚아야 할 의무가 있는 것은 아니었지요. 그저 처지가 비슷한 사람끼리 아무 대가 없이 서로 돕는 것이라서, 어떤 약속이나 의무 없이 편하게 도움을 주고받을 수 있었답니다.

주로 농촌 사회에서 활발하게 이루어졌던 품앗이는, 오늘날 농사 기술이 발달하고 많은 사람이 도시로 떠나면서 예전만큼 활발하게 이루어지지는 않아요. 하지만 품앗이가 완전히 사라진 것은 아니랍니다. 결혼식이나 장례식처럼 집안에 큰일이 있을 때면 동네 아주머니들이 모여 함께 음식을 하며 돕는 것도 품앗이의 하나라고 볼 수 있어요.

또 엄마들이 함께 모여 돌아가며 아이들을 돌보는 공동 육아 역시 품앗이의 한 종류예요. 각자 잘하는 과목을 맡아 돌아가며 아이들의 공부를 가르치는 품앗이 교육도 한 예가 될 수 있지요.

젊은이들이 도시로 빠져나간 농촌에서는 부족한 일손을 품앗이로 해결하기도 해요. 다 같이 모여서 오늘은 이 집 일, 내일은 저 집 일을 도우며 부족한 노동력을 메우고 품삯을 절약하지요.

한마디로 품앗이는 서로 돕고 보살피며 이웃 간에 정을 쌓게 해 주고, 농촌 경제에도 도움을 주는 훌륭한 미풍양속이라고 볼 수 있답니다.

힘든 농사일에 함께했던
두레
農者天下之大本

햇볕이 점점 따가워지는 초여름이에요. 넓은 들판에는 초록색 벼가 쑥쑥 자라고 있어요. 삼돌이네 아버지는 뿌듯한 미소를 지었어요.

'지금까지는 순조롭게 잘 지내 왔어. 앞으로도 햇볕 잘 쬐고 비 골고루 맞아 풍년이 들어야 할 텐데……'

그때 저만치서 돌쇠 아버지가 달려오는 것이 보였어요.

"여기서 무얼 하고 있나? 어서 정자나무로 가세."

"정자나무? 또 어느 집에서 잔치를 벌이고 음식을 돌렸는가?"

"허허, 이 사람 보게. 오늘 두레꾼을 뽑기로 한 날이 아닌가."

"아차! 내가 깜박 잊었네. 어서 가세, 어서."

시원한 정자나무 그늘에는 벌써 마을에서 힘깨나 쓴다는 장정들이 많이 모여 있었어요. 마을 사람들이 모두 모이자, 돌쇠 아버지가 말했어요.

"자, 다들 모인 듯하니 회의를 시작합시다. 올해도 김매기 철이 돌아왔습니다. 뙤약볕에서 일하는 게 보통 힘든 일이 아니지만 우리 모두 힘을 합하면 잘할 수 있을 거라고 봅니다."

돌쇠 아버지의 말에 모두 손뼉을 쳤어요.

"그럼 올해 두레를 이끌어 나갈 일꾼을 뽑겠습니다. 논에 들어가 김을 맬 사람들은 신청하세요."

"저요!"

"올해도 빠질 수 없지. 나도 하겠소."

마을 사람들은 너도나도 두 팔을 걷어붙이며 앞으로 나섰어요.

김매기는 논밭의 잡초를 뽑는 일을 말하지요.

"고맙습니다. 그럼 풍물을 맡을 사람은?"

"그야 물론 삼돌이 아범이지. 저 사람이 신명 나게 꽹과리를 치

면 절로 어깨가 들썩인다니까. 하하하."

이렇게 해서 두레패가 만들어졌어요.

"올해도 어김없이 김매기가 세 번 있습니다. 모두 정성을 다해

김을 매 주십시오."

　마을 사람들은 모두 고개를 끄덕였어요. 첫 번째 김을 매는 날짜는 3일 뒤로 결정되었어요.

　이윽고 두레가 나는 날이 되었어요. 아침부터 햇살이 쨍쨍 내리쬐며 오늘 하루의 더위가 예사롭지 않을 것을 알렸어요.

　"둥둥둥! 깨갱깽깽!"

　신 나는 풍물 소리가 마을 어귀에서부터 울려 퍼졌어요. 그 소리를 듣고 집집마다 아이들이 뛰어나왔어요.

　'농자천하지대본'이라고 쓰인 커다란 두레기를 앞세우고 두레패가 나타났어요. 두레패는 저마다 머리에 수건을 질끈 동여매고

허리춤에 호미를 매달고 있었지요.

마을 어귀 정자나무 앞에서 한바탕 신 나게 풍물이 펼쳐졌어요. 아이들과 아낙들, 노인들 할 것 없이 모두 몰려나와 두레패의 흥겨운 풍물을 지켜보며 덩실덩실 춤을 추었지요. 그렇게 한바탕 신명 나게 놀고 난 뒤 두레패는 두레기를 앞세우고 한 줄로 늘어서서 김을 매러 논으로 들어갔어요.

"둥둥둥!"

북소리에 맞추어 돌쇠 아버지가 먼저 노래를 불렀어요.

"잘하네, 잘하네. 에야후야, 잘하네."

"잘하기는 뭘 잘해요."

"우리네 농부들 참 잘하네."

두레패는 한 줄로 늘어서서 노래를 주고받으며 벼를 손으로 훑

있어요. 천천히 벼를 훑을 때마다 신기하게도 잡초가 뽑혀 나왔
지요. 김매기는 덩실덩실 춤을 추듯 이루어졌어요. 초여름의 햇
살은 무척이나 뜨거웠어요. 하지만 노래를 부르며 놀듯이 김매기
를 하는 두레패는 쉽게 지치지 않았지요.

점심때가 되자 마을 아낙들이 두레밥을 이고 논둑을 따라 나타
났어요. 그 모습을 발견한 대추나무집 돌쇠 총각이 신바람이 나
서 노래를 부르기 시작했어요.

"저기 오는 저 처자야, 실눈 뜨고서 나만 보는구나."

돌쇠 총각의 노래가 끝나자 삼돌이 아버지가 꽹과리를 쳤어요.

"깨갱깽깽, 깨갱깽깽."

김을 매던 두레패는 어깨춤을 들썩이며 논 밖으로 뛰어나왔어

요. 반찬이라고 해야 총각김치와 시래기나물뿐이었지만 그 어떤 고기반찬보다 맛있었지요. 모두 그릇에 꾹꾹 눌러 담은 고봉밥을 게눈 감추듯 먹어치웠어요.

"꺼억! 잘 먹었다."

두레밥을 물리자 다시 김매기가 시작되었어요. 배불리 먹고 난 뒤라서 일하는 속도가 더욱 빨라졌지요. 이윽고 마지막 논까지 김매기가 끝났어요.

"와!"

두레패는 소리를 지르며 동그랗게 모였어요. 그러고는 서로 에워싸며 호미를 번쩍 들고 만세를 불렀지요.

“수고했네, 수고했어.”

“다음 김매기 때 보세.”

그렇게 김매기가 두 차례 끝나고 마침내 마지막인 세 번째 김매기 날이 되었어요.

마을 장정들은 아침 밥숟가락을 놓자마자 마을 정자나무 앞으로 모였어요. 가장 힘이 센 총각들이 두레기를 높이 들고 앞장을 섰고, 호미를 허리춤에 찬 장정들이 그 뒤를 따랐지요. 이날도 어김없이 신명 나는 풍물 소리와 함께 김매기가 시작되었어요.

“오늘 일이 끝나면 한동안은 한가하겠지?”

“올해도 다 같이 모여 개장국도 끓이고, 한바탕 씨름도 해 보세. 생각만 해도 신이 나네그려.”

“좋아, 그러니 더욱 힘을 내자고.”

“아무렴, 힘을 내고말고.”

뜨거운 뙤약볕 아래서 김을 매는 장정들의 손길이 더욱 바빠졌어요. 이윽고 세 번에 걸친 김매기가 모두 끝이 났어요.

모두 기쁨의 함성을 지르며 서로의 어깨를 두드렸어요.

“이제 한동안은 이 호미를 쓸 일이 없겠구먼.”

“그렇지. 잘 씻어서 말려 두세나.”

장정들은 정성껏 호미를 씻었어요. 그때 돌쇠 아버지가 말했어요.

"돌아오는 칠월 칠석에는 늘 그랬듯이 두레 잔치를 벌일 겁니다. 올해 우리 두레의 활동을 마무리하는 자리이니 한 사람도 빠짐 없이 꼭 참석합시다."

"좋지요! 그날 먹을 음식 생각만 해도 침이 꿀꺽 넘어가네요."

"예끼, 이 사람. 하하하!"

모두 활짝 웃으며 환한 얼굴로 집으로 돌아갔어요. 이렇게 올해도 김매기가 무사히 끝이 났어요.

두레가 만들어진 뒤로 마을 사람들은 한마음으로 똘똘 뭉쳤어요. 아무리 고된 일도 서로 힘을 합치면 금세 끝났거든요. 또 신명 나게 풍물을 벌이며 일을 하다 보면 힘든 일도 즐겁게 할 수 있었어요. 이렇게 두레는 힘들고 어려운 농사일을 '일과 놀이'로 극복한 훌륭한 공동체였어요.

두레는 농사, 농계, 농청 등 다양한 이름으로 불리기도 했어요. 첫 번째 김매기인 초벌 두레부터 두 번째 김매기인 두벌 두레를 거쳐 세 번째 김매기인 만물 두레로 이어지는 농사 두레와 꼴을 베는 꼴베기 두레, 실로 옷감을 짜는 길쌈 두레에 이르기까지 두레는 일감에 따라 만들어졌어요. 농사일을 시작하기 전에 미리 회의를 열고 의견을 결정하는 등 두레는 민주적으로 운영되는 공동체였지요.

그 가운데에서도 농사 두레에는 마을의 힘 있는 장정들만이 참여할 수 있었어요. 이들은 자체적으로 규율을 정하고 그 규율을 엄격히 지키면서 힘을 모았어요. 또 마을의 두레 풍물패는 집집마다 돌아다니며 풍물을 연주하고 그 대가로 일정한 액수의 돈을 받았어요. 이 돈은 주로 풍물 악기를 수리하거나 마을의 행사에 쓰였지요.

두레는 서로 돕는 상부상조의 전통을 엄격하게 지켰어요. 하지만 일손이 없는 노약자나 과부의 집은 대가 없이 도와주기도 했답니다.

그러나 일제 강점기를 지나 해방을 맞은 뒤 두레는 완전히 자취를 감추어 버리고 말았어요. 풀을 죽이는 제초제가 들어오자 더는 사람의 손으로 김을 맬 필요가 없었기 때문이에요. 이제는 풍물패의 풍물 굿에서만 그 모습을 엿볼 수 있지요. 그러나 두레는 되살려야 할 농촌 풍습임에 틀림없어요. 한데 어우러져 서로 돕고 살았던 우리 민족의 정신은 현대 사회에도 반드시 필요한 문화이기 때문이랍니다.

두레의 가장 큰 행사, 호미씻이

세 차례의 김매기가 끝나면, 동네에서는 날을 받아 호미씻이를 했어요. 이제 더는 호미를 쓸 일이 없으니 호미를 씻어서 넣어 두기 위해서였지요.

호미씻이를 하는 날은 대개 음력 7월 보름인 백중날이었어요. 백중이 지나면 추수철인 음력 8월이 올 때까지 농촌에서는 잠시 한가로운 시간을 가지게 되지요. 그 기간을 '어정칠월'이라고 했어요. 어정어정 걸어 다닐 만큼 한가로운 칠월이란 뜻으로, 이 기간 동안 농민들은 모처럼 여유로운 나날을 맞아 쉬며 여가를 즐길 수 있었답니다.

호미씻이를 하는 날이면 마을 사람들은 집집마

다 음식을 해서 동네 느티나무 앞이나 개울가에 모였어요. 어떤 집에서는 전을 부치고, 어떤 집에서는 국수를 말아 내고, 또 어떤 집에서는 술을 빚어 와한바탕 신 나게 먹고 놀면서 여름 내내 힘들고 고되었던 농사일을 잊어버렸지요. 이날은 농사에 참여했던 장정들뿐만 아니라 남녀노소 할 것 없이 동네 사람 모두 한데 모여 잔치를 벌였어요. 호미씻이는 이처럼 흥겨운 풍물에 맞추어 노래하고 춤추며 실컷 먹고 노는 축제였지요.

이때 온 동네 사람들이 주거니 받거니 하며 불렀던 노래가 바로 '쾌지나 칭칭 나네'였어요. 노인들이 먼저 "만고강산 유람할 제 삼신산이 어디메뇨." 하고 운을 떼면 젊은이들이 "쾌지나 칭칭 나네."라고 받아 노래를 불렀지요. 나중에는 온 마을 사람들이 합창을 해서 그 소리가 산으로 들로 울려 퍼졌답니다.

미풍양속을 소중히 지킨
향약

선조 4년인 1571년의 일이에요. 충청북도 청주에 한양에서 새로운 목사가 온다는 소문이 돌았어요. 조선 시대에는 큰 도와 중요한 지방에 목을 두었는데, 이러한 목은 전국에 20군데가 있었어요. 목을 다스리는 관리를 목사라고 했는데, 정3품에 해당하는 매우 높은 관직이었지요.

관청에서는 새로 부임해 오는 목사를 맞을 준비에 바빴어요.

"이번에 오시는 목사는 어떤 분일까?"

"내 듣자 하니, 장원 급제를 아홉 번이나 한 대단한 분이라고 하더군."

"뭐라고? 아홉 번이나?"

관리들은 눈이 휘둥그레져서 수군댔어요.

"그뿐만이 아닐세. 지금 한양 조정에서는 당파 싸움을 하느라 하루도 조용할 날이 없다고 하지 않나. 그런데 이분이 이조 좌랑을 지낼 때 당파 싸움을 하는 관리들을 혼내 주라며 임금님께 상소를 올렸다고 하더군."

"어이구, 기세등등한 조정 대신들이 어떻게 나왔을지 안 봐도
불을 보듯 뻔하구먼."

"그러니 이곳에 와서도 부정을 저지르는 관리들을 어찌 대할지
짐작이 가지 않나?"

관리들은 저마다 새로 올 목사에 대한 이야기로 웅성댔지요.
그 가운데에는 백성을 괴롭히며 자기 욕심만 채우는 나쁜 탐관오
리도 있었어요.

'쳇, 아무리 그래도 높으신 양반이 천한 백성들 일에까지 일일
이 신경 쓰겠어? 그것 말고도 해결해야 할 일이 태산일 텐데. 나
야 지금까지 해 온 대로 해도 별 탈 없을 거야.'

당시 한양의 조정에서는 당파 싸움이 한창이었어요. 서로 다른
생각과 사상을 가진 관리들끼리 편을 나누어 다투느라 백성의 생
활을 돌보는 것은 뒷전이었지요. 사정이 이렇다 보니, 지방에서
는 못된 관리들이 백성을 괴롭히고 옳지 않은 방법으로 재산을
늘리는 일이 많았어요.

드디어 한양에서 새로운 목사가 왔어요. 관
리들은 새로운 목사에게 잘 보이려고 갖은
아첨을 떨었지요.

"이것은 중국에서 들여온 비단입니다.
선물로 받아 주십시오."
"이 도자기는 천 년에 한
번 나올까 말까 한 귀한 것
입니다. 목사님께 잘 어
울리는 물건이라고
생각되어 이렇
게……."
그렇지만 새로
온 목사는 호통을 치며
관리들을 돌려보냈어요.

"내 이곳에 와서 보니 지금까지 백성들이 어떻게 살아왔을지 알 듯하오. 관리라는 작자들이 이리 귀한 물건들을 쌓아 두고 사니, 그동안 백성들의 고단함은 이루 말할 수 없었을 것이오. 당장 가져가시오! 그리고 다시는 내 앞에 얼씬대지 마시오!"

이렇게 관리들을 돌려보낸 날 밤, 청주 목사는 쉽게 잠을 이룰 수 없었어요.

'어떻게 해야 이 고장을 부정과 부패가 없는 깨끗한 곳으로 만들 수 있을까?'

청주 목사는 밤새 고민하느라 뜬눈으로 밤을 지샜지요.

시간은 흘러 어느덧 선선한 바람이 부는 가을이 돌아왔어요.

　푸른 들판이 누런 오곡으로 물결을 이루고, 열매와 과실이 무르
익었지만 백성들의 한숨은 깊어만 갔어요.
　"후유, 뼈 빠지게 농사는 지어서 무엇 하나. 저렇게 풍년이 들면
무엇 하나."
　"그러게나 말일세. 관리들이 다 떼어 가고 나면 살림살이는 늘
똑같으니."
　그러던 어느 날, 청주 목사가 각 고을을 다스리는 관리들을 불
러 모았어요.

"오늘 중대한 발표를 하신다던데."

"무슨 일일까?"

마당에 모인 관리들은 고개를 갸웃하며 웅성거렸어요. 그때였어요. 청주 목사가 나와 말을 시작했지요.

"내가 이곳에 온 지도 몇 개월이 지났소. 내 그동안 곰곰이 생각하고 또 생각한 뒤 내린 결단이니 잘 따라 주길 바라오."

청주 목사는 나직하지만 근엄한 목소리로 말을 이었어요.

"지금부터 청주 지방은 양반과 천민의 구별 없이 모든 사람이 서원향약에 속해 그 규칙을 따르게 될 것이오."

관리들은 어리둥절했어요.

"향약? 향약이 뭐지?"

“향약은 유교의 올바른 덕목을 지키며 서로 돕는 공동체를 만들기 위해 정한 우리 향촌만의 규칙이오. 이제부터 이곳 백성들은 향약에 따라 생활하게 될 것이오. 향약을 잘 지킴으로써 백성들은 올바른 생활을 할 수 있을 것이며, 관리들도 더욱 청렴해질 것이오.”

청주 목사의 말에 관리들은 고개를 끄덕였어요.

이 청주 목사가 바로 조선 시대의 대학자 율곡 이이예요. 이이는 여러 지방을 다니면서 서원향약, 해주 향약 등을 만들었어요. 이이가 만든 향약의 영향은 대단했어요. 그 뒤 대부분의 지방에서 사용하게 된 향약은 이이가 만든 향약에서 시작되었다고 해도 지나친 말이 아니지요.

이이가 청주 지방에서 서원향약을 실시하자 관리들의 부패한 행동은 자취를 감추었어요. 향약에서는 선에 해당하는 착한 행동을 하라고 권하고, 악에 해당하는 나쁜 행동을 하면 벌을 주었기 때문이에요.

선에 해당하는 내용은 부모에게 효도하는 것, 형제 간의 우애를 지키는 것처럼 가족 간에 지켜야 할 일에서부터, 청렴결백하고 은혜를 베풀며 신용을 지키는 것처럼 사회에서 지켜야 할 도리에 이르기까지 무척 폭넓었어요. 또 악에 해당하는 내용은 부모에게 불효하거나 조상의 제사를 정성껏 모시지 않는 것에서부터, 공공의 일이라고 하면서 개인의 이익을 꾀하는 것, 세금을 제대로 내지 않는 것, 약한 사람을 무시하는 것 등이었지요.

향약의 가장 큰 덕목인 '상부상조'에 따라 백성들은 농사일이나 집안의 크고 작은 일도 모두 함께 했어요. 또 관리들은 향약의 덕목을 지켜야 하므로 부정한 일을 할 수 없었어요. 이렇듯 향약 덕분에 향촌은 매우 살기 좋아졌답니다.

그렇지만 이렇게 훌륭한 향약에도 한계는 있었어요. 바로 양반들이 향약을 이끌어 갔다는 점이에요. 신분 제도가 엄격했던 조선 사회에서 백성은 양반이 정해 놓은 규약을 그저 따르기만 해야 했지요. 규칙을 어겼을 때에도 백성은 매를 맞았지만 양반은 가벼운 벌을 받는 것에 그쳤다고 해요.

그러나 향약이 유교적 도덕을 널리 알리고 지방 자치 정신을 일깨우는 데 크게 이바지한 점은 높이 평가되어야 할 부분이랍니다.

향약의 네 가지 기본 정신

향약은 원래 중국에서 만들어졌어요. 중국 송나라 시대의 유학자인 주자가 만든 향약이 우리나라 향약의 바탕이 되었지요. 그런데 향약에는 지켜야 할 네 가지 덕목이 있답니다. 어떤 것들인지 알아볼까요?

향약은 조선 시대 중종 때 처음으로 실시되었고, 명종을 거쳐 선조 때의 대학자인 이황, 이이 등의 노력으로 온 나라에 널리 시행되었답니다. 향약은 우리나라에 들어와 각 지방의 실정에 따라 조금씩 고쳐지기는 했지만, 원래 가진 기본 정신에는 변함이 없었어요.

그럼 향약의 네 가지 덕목을 살펴볼까요?

첫 번째는 '덕업상권'이에요. 좋은 일은 서로 권한다는 뜻이지요.

두 번째는 '과실상규'예요. 서로 잘못을 저지르지 못하게 한다는 뜻이지요.

즉, 착한 일을 하면 상을 주고 나쁜 일을 하면 벌을 주었던 규약은 이러한 덕

목에서 나온 것이라고 볼 수 있어요.

세 번째는 '예속상교'예요. 좋은 풍습은 서로 나 눈다는 뜻이지요. 예법을 중시했던 유교 사상이 잘 드러난 덕목이라고 볼 수 있어요.

네 번째는 '환난상휼'이에요. 어려운 일을 당하면 서로 돕는다는 뜻이지요. 좋은 일뿐만 아니라 궂은일도 함께 나누려고 했던 우리 조상들의 마음과 잘 통하는 덕목이라고 볼 수 있어요.

이렇게 우리 조상들은 향약을 통해 유교 사상을 지키고 서로 도우며 향촌 의 질서를 안정시켜 나갔답니다.

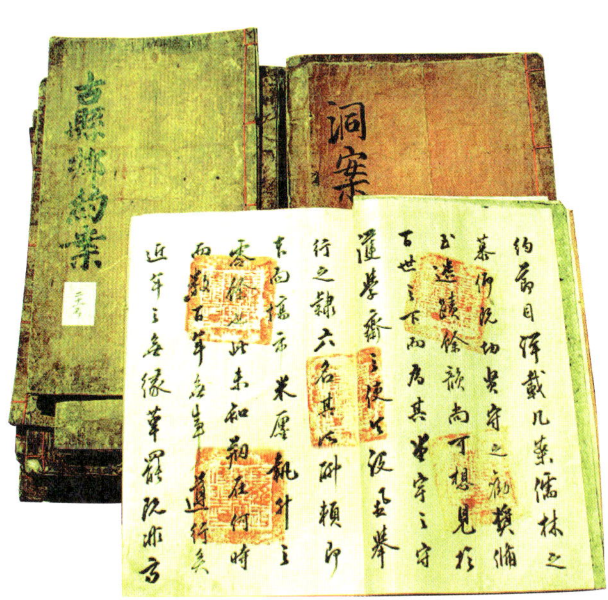

농촌 경제를 살린
계

"이 시간에 무슨 일이지?"

이제 막 아침밥을 먹고 숟가락을 놓으려던 갑돌이네 가족은 고개를 갸웃했어요. 갑돌이 아버지는 급하게 냉수 한 모금을 들이켜 입가심을 하고는 문을 열었어요.

"아니, 나리들께서 이른 아침부터 무슨 일이십니까?"

사립문 밖에는 포졸 두 명이 서 있었어요.

"누구시냐?"

갑돌이 할머니가 걱정스러운 얼굴로 방문 밖으로 고개를 내밀었어요.

"어머니, 별일 아닐 테니 들어가 계세요. 바람이 차요."

포졸 두 명은 헛기침을 하며 말을 했어요.

"흠흠, 이 집에 군역의 의무가 있는 사람이 세 명인 것으로 알고 있소. 그런데 군포를 한 필만 냈더군. 나머지 군포 두 필은 언제 낼 거요?"

군포는 조선 시대에 군역의 의무를 면제해 주는 조건으로 나라에서 거두어들이던 베예요. 포졸들의 말을 들은 갑돌이 아버지는 눈이 휘둥그레졌어요.

"아니, 군역의 의무는 열여섯 살에서 예순 살까지의 남자가 지는 것 아닙니까? 저희 집에는 해당하는 사람이 저밖에 없는뎁쇼. 제 아들은 이제 겨우 여덟 살이고, 나머지 가족은 어머님과 아내, 이렇게 여자밖에 없는데 그 무슨 말씀이신지요?"

그러자 포졸들은 군역 등록부를 펼쳐 보이며 말했어요.

"여기 좀 보시오, 여기! 이래도 발뺌을 한단 말이오?"

군역 등록부를 들여다본 갑돌이 아버지는 깜짝 놀랐어요.

"아니, 이럴 수가……."

“자, 여기 김만득, 이게 바로 당신이지요?”

“네. 하지만 김만수는 돌아가신 제 형님인데……. 게다가 김수남은 죽었는지 살았는지도 모르는 제 사촌 형님이라고요.”

갑돌이 아버지는 답답하다는 듯 가슴을 쾅쾅 쳤어요. 하지만 포졸들은 아랑곳하지 않았어요.

“아무튼 여기엔 김만득의 집에서 이 사람들의 군포 두 필까지 부담한다고 적혀 있소. 그러니 한 달 안으로 나머지 군포 두 필을 내시오. 그렇지 않으면 큰 벌을 받을 각오를 하든가!”

포졸들이 돌아가자 갑돌이 아버지는 한숨을 푹 쉬었어요.

'이를 어쩐다. 지난번 군포 한 필도 겨우겨우 마련해서 냈는데 또 두 필을 내야 한다니……..'

"아범아, 어떡하면 좋으냐. 어떻게 죽은 형의 몫까지 군포를 내라고 한단 말이냐."

갑돌이 할머니도 가슴을 쳤어요.

"죽은 형님도 형님이지만 일찍이 집을 나가 죽었는지 살았는지조차 알 수 없는 친척의 몫까지 내라니, 도대체 이런 법이 어디 있단 말이에요?"

갑돌이 엄마도 너무나 속이 상해 분통을 터뜨렸어요.

그날 오후, 논에 나간 갑돌이 아버지는 이웃집 노마 아버지를 만났어요. 노마 아버지도 얼굴에 수심이 가득했어요.

"자네, 무슨 걱정 있나?"

"휴, 말도 말게. 아니 글쎄, 우리 노마 앞으로 군포 한 필을 내라지 뭔가. 이게 도대체 말이나 될 법한 일인가?"

"뭐라고? 열 살짜리 아이한테도 군역을 지라는 거야?"

"그렇다니까. 도무지 이 말도 안 되는 법 때문에 허리를 펴고 살 수가 없네그려."

그런데 이런 경우가 단지 갑돌이네와 노마네 일만은 아니었어요. 마을 사람들 대부분이 겪는 고통이었지요.

"이렇게 가다간 늘어나는 군포를 감당하지 못해 점점 더 살기 어려워질 거야."

당시 나라에서 내라고 정한 군포는 군역의 의무가 있는 열여섯 살에서 예순 살까지의 남자 한 명당 한 필이었어요. 하지만 점차 관리들의 수탈이 심해지면서 죽은 사람이나 도망간 사람의 군포까지도 내야 하는 일이 생겼지요. 따라서 한 사람이 이중, 삼중으로 군역을 부담하게 되어 농촌의 경제는 점점 더 어려워져 갔답니다.

그러자 나라에서는 이와 같은 문제를 해결하고자 도망가거나 죽은 사람의 군포를 마을 전체에서 책임지는 법을 내놓았어요. 즉, 군역 당사자에게 군포를 내게 하는 것이 아니라 마을 전체에 낼 양을 정해 주고, 그 마을에서 신분에 관계없이 공동으로 책임지게 하는 것이었지요.

"그 소문 들었나?"

"무슨 소문?"

"이번에 바뀐 법 말이야. 우리 마을에서는 군포 쉰 필을 내야 한다고 하던데……."

"그걸 어떻게 정해야 하지? 누구에게 얼마씩 나눠야 할지,
원……."

"안 그래도 그 문제로 내일 동네 모정에 모이기로 했다네. 다 같
이 머리를 맞대면 무슨 대책이 나오지 않겠나?"

이튿날 아침, 마을 사람들은 삼삼오오 마을 입구의 모정에 모
여들었어요. 마을에서 가장 어른인 진돌이 할아버지가 말을 꺼냈
어요.

"이번에 바뀐 법에 따라 우리 마을에서 공동으로 군포 쉰 필을
내게 되었습니다. 이것을 개개인에게 내라고 하자니 공평함을 따
지는 데 문제가 있을 것 같고……. 그래서 다 같이 의논을 해 보
려고 합니다. 좋은 생각이 있는 사람은 서슴지 말고 말해 주기 바
랍니다."

"거 참. 어떻게 하면 좋을지, 원."

다들 머리를 긁적이며 웅성대고 있을 때였어요. 갑돌이 아버지
가 주춤주춤 앞으로 나서며 말문을 열었어요.

"제가 생각하기에는 계를 만들면 어떨까 하는데요."

"계? 친목계, 혼사계 같은 계 말인가?"

"하긴, 지난번에 우리 딸 혼사를 치를 때 보니 계를 들어 놨던 것이 큰 보탬이 되더군."

갑돌이 아버지는 마을 사람들의 호응에 조금 더 자신을 얻어 말을 이었어요.

"본디 계라고 하면 친목을 도모하기 위해 만들었던 것이지요. 그동안 마을 사람들끼리 계를 하면서 공동으로 돈을 모아 혼사도 치르고, 장례도 치르며 집안에 많은 도움이 되지 않았습니까? 그러니까 이번 군포를 내는 일도 군포계를 만들어 공동으로 부담하면 그 힘을 좀 덜 수 있을 것입니다."

그 말을 듣고 마을 사람들은 고개를 끄덕였어요.

"옳거니! 우리 마을의 이름으로 땅을 마련하고, 그 땅에서 나는

수확물로 군포를 마련한다면 한결 부담이 적겠군그래.”

“그것 좋은 방법이네요. 또 집집이 수입이 생길 때마다 조금씩 돈을 모으면 그것 또한 큰 목돈이 되지 않겠어요?”

마을 사람들은 좋은 생각이라며 기뻐했어요. 이렇게 군포계를 만든 갑돌이네 마을은 더는 군포를 못 내서 쩔쩔매거나 힘들어하지 않게 되었지요.

이후에도 계를 든 사람끼리 땅을 함께 일구고 거기에서 나오는 곡식을 나누는 농계, 소를 공동으로 사용하는 우계, 농기구를 공동으로 사서 함께 사용하는 농구계 등이 속속 만들어졌어요. 이렇게 활발하게 계가 만들어져 운영되자 농촌 경제는 점점 안정을 되찾았지요.

역경과 고난 속에서도 어려움을 함께 헤쳐 나가려고 노력한 계에는 서로 돕는 우리 민족의 정신이 고스란히 담겨 있어요.

그 뒤로도 계는 작게는 친목을 다지기 위한 것에서부터 이익을 목적으로 한 것까지 다양하게 발전했어요. 그런데 일제 강점기 때 우리 민족의 협동 정신을 파괴하려고 한 일제 때문에 거의 모든 계가 흩어져 버렸지요. 광복이 되고 나서 다시 살아난 계는 현재까지도 많은 사람의 생활에 밀접한 관계를 맺고 있답니다.

계의 모임 장소였던 모정

해마다 음력 2월 1일이면 모정에서 마을 회의가 열렸어요. 마을 사람들은 모정에 함께 모여 한 해 동안 마을에서 벌어질 크고 작은 일들을 결정했어요. 특히 일 년 농사와 마을의 중요한 일들을 계획했는데 품앗이, 다리 보수, 공동 혼례, 상례 준비 등이 그것이었지요.

또 모정에서 두레를 조직하고 두레꾼들을 결정했으며, 두레꾼들은

이곳에서 모내기나 추수 같은 큰 농사일을 결정했어요.

이 밖에도 모정은 다양한 계의 모임 장소로 이용되었어요. 마을 사람 누구나 자유롭게 이용할 수 있는 곳인 만큼 농계, 우계, 농구계 같은 마을의 크고 작은 계가 바로 이 모정에서 이루어졌던 거예요.

모정은 마을 입구 당산나무 근처에 세워졌는데, 사람들은 이곳에서 마을의 제사인 동제를 지내기도 했어요. 또 모정은 마을 안에서 잘못을 저지른 사람을 재판하는 재판소가 되기도 했지요.

이렇게 회의 장소와 휴식처, 재판소 등의 다양한 기능을 가진 모정은 마을 사람들을 공동체로 단단히 묶는 역할을 했어요. 그만큼 한 마을에서 없어서는 안 될 중요한 장소였답니다.

씨실과 날실로 함께 엮인
길쌈

지난여름 그토록 뜨겁던 햇살도 어느덧 한풀 꺾였어요. 잠자리가 높이 나는 8월 중순, 연지네 엄마가 파란 하늘을 올려다보며 말했어요.

"올여름은 참말로 더웠어요. 그렇죠?"

"그러게 말이오. 김을 매다 몇 번이고 뛰쳐나와 찬물을 뒤집어쓰고 싶더라니까. 허허허."

"당신, 정말 고생이 많았어요."

"고생은 무슨. 그나저나 목화를 따고 나면 당신 할 일이 태산이구려."

연지네 부모님은 낮은 언덕에 있는 목화밭 쪽으로 가며 도란도란 이야기를 나누었어요. 나지막한 산으로 둘러싸인 연지네 마을 언덕에는 마을 사람들이 함께 가꾸는 목화밭이 있었어요. 지난봄에 씨를 뿌린 목화밭에는 어느새 하얀 꽃봉오리가 맺혀 있었지요.

"올해도 목화가 아주 잘되었어요. 한 달만 지나면 저 꽃들이 하얀 솜뭉치로 변하겠죠?"

"그렇지. 저것들이 솜뭉치만 되겠소? 돈뭉치지, 돈뭉치!"

　연지네 부모님은 목화밭 앞에서 가슴이 부풀어 올랐어요. 그렇게 한 달이 지나고, 어느새 선선한 바람이 부는 9월도 절반을 지나 하순으로 향할 때였어요.

　꽃이 지고 잎도 말라 떨어진 목화밭에는 하얗고 보슬보슬한 솜 뭉치들이 가지마다 달렸어요. 보기만 해도 소담스러웠지요.

　"연지 엄마, 여기야 여기!"

　"철이 엄마, 내가 좀 늦었지? 연지가 하도 따라오겠다고 떼를 쓰는 바람에 달래느라고 그만……. 자, 어서 갑시다."

　동네 어귀에는 저마다 커다란 바구니를 든 아낙들이 몰려나왔

어요. 모두 함께 목화밭으로 가는 길이었지요.

　하얀 수건을 머리에 쓴 아낙들은 발걸음도 가볍게 목화
밭으로 향했어요. 가면서도 무엇이 그리 즐거운지 웃음소리가 끊
이지 않았지요.

　"어머나! 저 탐스러운 목화송이 좀 봐."

　"올해도 이걸로 결 좋은 천을 많이 짜게 생겼네요."

　아낙들은 흥얼흥얼 노래를 불러 가며 목화를 땄어요. 한나절이
지나고 해가 서산으로 건너갈 무렵, 드디어 목화밭에는 하얀 솜
뭉치가 하나도 남지 않았지요.

　"다 되었네요."

　"모두 수고했어요!"

　아낙들은 서로 어깨를 두드리며 집으로 돌아왔어요. 바구니마
다 가득가득 솜뭉치를 담아서 왔지요. 다음 날 아낙들은 집집마
다 마당에 넓은 돗자리를 펼치고 목화 솜뭉치를 널었어요.

“엄마, 하늘의 뭉게구름처럼 우리 집 마당에도 구름이 떴네요?”

연지가 활짝 웃으며 말했어요.

“어머나, 그렇구나.”

연지 엄마는 빙그레 웃었어요.

목화 솜뭉치는 며칠 동안 보송보송하게 잘 말랐어요.

“내일은 솜을 타야겠구나. 올해엔 철이네 집부터 모여 길쌈을 하기로 했지?”

연지 할머니가 말했어요.

“네, 어머님. 전 골방에서 씨아를 꺼내 와야겠어요. 손볼 것이 있나 살펴봐야죠.”

연지 엄마는 골방에서 단단히 싸 둔 씨아를 꺼내 왔어요. 씨아는 솜뭉치 안에 있는 목화씨를 골라내는 도구예요. 하얀 솜뭉치 안에는 단단하고 작은 목화씨가 들어 있는데, 이것을 골라내서 다음 해 봄에 다시 밭에 뿌리지요.

다음 날 철이네 집에 동네 아낙들이 모여들었어요. 모두 방 안에 둥글게 모여 앉아 솜을 타기 시작했지요. 삼노끈으로 양 끝을 잡아 맨 대나무 활로 목화 솜뭉치를 탁탁 치면 솜뭉치가 보슬보슬 부풀어 올랐어요. 솜뭉치가 부풀어 오를 때마다 아낙들의 이

야기꽃도 함께 부풀어 올랐지요.

"연지 엄마, 언제 연지 동생 볼 거유?"

"이번에는 고추 달린 사내아이 하나 낳아야겠네. 호호호."

"철이 할머니, 올해 담그신 장이 아주 잘되었다고 온 동네 소문이 자자해요. 비법 좀 가르쳐 주세요."

"예끼, 말로만? 맛있는 것이나 좀 가져다주면 몰라도."

아낙들은 정답게 이야기를 나누며 솜뭉치를 말아 고치를 만들었어요.

"자, 이제 실잣기를 할 차례군."

실잣기는 길쌈에서 가장 중요한 작업이에요. 물레로 고치에서 실을 뽑아내는 일이지요.

"돌돌돌, 돌돌돌."

고치를 걸고 물레의 손잡이를 돌리자 가느다랗고 하얀 실이 솔솔 뽑혀 나왔어요. 수많은 고치에서 실을 뽑아내는 것은 시간이 매우 많이 드는 일이었어요. 또 끝없이 되풀이해야 하는 일이라 어느새 모두 조금씩 지루해질 참이었어요.

"아이고, 눈꺼풀이 점점 무거워지네."

철이 할머니가 졸린다며 노래를 부르기 시작했어요.

잠이 온다. 잠이 온다. 요 내 눈에 잠이 온다.

초롱 같은 이 내 눈에 왕대 같은 잠이 온다.

잠 사 가오. 잠 사 가오. 이 내 눈에서 잠 사 가오.

건넛마을 할머니, 잠 사 가오.

닷 냥에 닷 돈만 주고 잠 사 가오.

철이 할머니의 노래에 잠이 싹 달아나고 다시 생기가 돌았어요. 모두 열심히 실을 자았지요. 실을 다 뽑고 나면 베틀에 걸고 엉키지 않도록 되직하게 쑨 풀을 먹였어요. 이 실을 올올이 베틀의 도투마리에 감는 베매기가 끝나면 드디어 베틀로 옷감을 짤 수 있지요. 이런 모든 일은 하루아침에 끝나는 일이 아니었어요. 한 집의 일이 끝나면 다음 집, 또 그 다음 집으로 돌아가며 추석이 있는 음력 8월까지 계속되었지요.

"철거덕 짜그락, 철거덕 짜그락."

집집이 베 짜는 소리가 문 밖으로 흘러나왔어요. 베 짜는 소리와 함께 아낙들의 웃음소리, 노랫소리, 이야기 소리도 함께 흘러나왔지요. 일하는 중간마다 입담 좋은 사람이 들려주는 이야기와 목청 좋은 사람이 불러 주는 노래는 모두에게 큰 활력소가 되었

초롱 같은 이 내 눈에 왕대 같은 잠이 온다.
잠이 온다. 잠이 온다. 요 내 눈에 잠이 온다.

잠 사 가오. 잠 사 가오. 이 내 눈에서 잠 사 가오. 건넛마을 할머니, 잠 사 가오.

어요. 덕분에 지루한 일도 즐겁게 웃으며 할 수 있었지요.

"어디, 오늘은 연지 엄마의 고운 목소리 좀 들어 봅시다."

"그래요, 오랜만에 한 곡 쫙 뽑아 봐요. 자, 박수!"

아낙들의 성화와 박수 소리에 연지 엄마는 발그레 두 볼을 붉히며 노래를 시작했어요.

하늘에서 놀던 선녀 지상에 내려와서

금상 한 필 짜자 하고 하늘에 다시 올라

달 가운데 계수나무 금도끼로 찍어 내어

담배 한 대 먹은 후에 베틀 한 상 지어 주고

금도끼로 다듬어서 은 대패로 밀어내어

얼른 뚝딱 베틀 짜니 그 솜씨 훌륭하다.

이렇게 고운 노랫소리에 맞춰 베를 짜니 옷감 또한 결이 고와질 수밖에요. 연지네 동네 사람들은 해마다 아름다운 노래와 함께 만든 고운 옷감을 팔아 넉넉하게 살림을 꾸릴 수 있었답니다.

길쌈이란 가정에서 옷감의 재료가 될 수 있는 식물을 키워 실을 뽑고 옷감을 짜는 모든 과정을 말해요. 이 이야기에 나오는 목화

는 고려 시대에 문익점이 중국에서 들여온 것으로, 목화로 짜는 천은 무명이었어요. 그전에는 삼베나 모시, 비단을 짰지요.

길쌈은 아낙들만의 일이었어요. 그런데 하루 종일 베틀에 앉아 허리를 굽히고 베를 짜는 일은 무척 고되고 지루한 작업이었지요. 그렇다 보니 이런 고달픔을 잊고 즐겁게 일하려고 혼자서 하기보다는 여럿이 모여 일을 하게 되었어요.

길쌈을 하는 내내 마을 아낙들은 서로의 집에 돌아가며 모여 재미있는 이야기를 나누거나 노래를 부르며 즐겁게 일을 했지요. 그 모습이 마치 놀이를 하는 것 같아 이름도 '길쌈놀이'라고 했답니다. 지금도 안동포로 유명한 경상북도 안동, 세모시로 널리 알려진 충청남도 한산에는 이런 길쌈 풍습이 남아 있다고 해요.

추석의 유래가 된 길쌈

삼국 시대에 이르러 길쌈은 농가의 중요한 소득원이 되었어요. 나라에서도 길쌈을 장려했고, 길쌈을 할 때에는 즐거운 놀이와 노래가 함께했지요.

고려 시대에 김부식이 쓴 역사책인 《삼국사기》를 보면 신라 시대 길쌈에 대한 이야기가 실려 있어요.

신라 유리왕은 나라를 6부로 나누어 다스렸어요. 유리왕은 6부의 여자들이 편을 갈라 베를 짜며 서로 겨루는 길쌈 내기 행사를 열었지요.

길쌈 내기는 음력 7월 16일부터 음력 8월 14일까지 열렸어요. 매일 오전에 시작해서 오후 10시가 되어야 끝이 났지요. 이렇게 한 달 동안 어느 편이 옷감을 잘 짰는지 승부를 가린 뒤, 진 편이 이긴 편에게 술과 음식을 대접하

며 음력 8월 보름을 즐겼어요.

이 길쌈 내기 행사를 '가배'라고 불렀는데, 이 풍습이 바로 오늘날의 한가위, 즉 추석이 되었다고 해요.

승부가 가려지면 진 편의 여자들이 일어나 춤을 추며 "회소, 회소." 하고 노래를 불렀는데, 음색이 무척 아름답고 구슬펐다고 해요. 훗날 사람들이 이 노래에 노랫말을 붙여 '회소곡'이 되었다고 하지요. '회소'는 오늘날의 '아서라, 말아라'에 해당하는 말로 '하지 마소'라고 할 때의 '마소'라는 말의 기원이라고 여겨져요.

그 뒤로도 한가위에 베를 짜는 풍습은 오랫동안 이어져 왔어요. 또 길쌈을 하며 노래를 부르고 여러 놀이를 하는 풍습 또한 삼국 시대 때부터 전해져 내려온 오래된 풍습이랍니다.

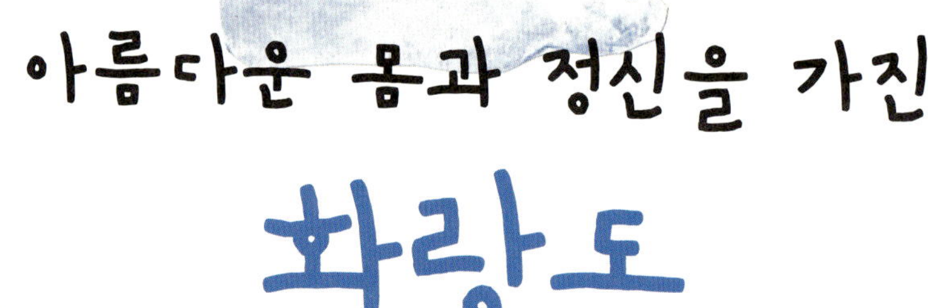

아름다운 몸과 정신을 가진
화랑도

봄볕이 따사로운 어느 날, 산에서 힘찬 기합 소리가 들려왔어요.

"이얍! 이얍!"

"으라차차!"

해맑은 얼굴을 한 소년들이 무술을 연습하는 소리였지요. 소년들이 기합에 맞추어 창이나 칼을 휘두르는 모습은 무척 용맹스러워 보였어요. 그렇게 한 차례 무술 연습이 끝나자 소년들은 이번에는 말에 올라탔어요.

"이랴! 이랴!"

"달려라, 달려!"

말들은 소년들의 명령에 따라 힘차게 땅을 박차며 내달렸어요. 바람에 머리카락을 휘날리며 달리는 소년들은 하나같이 곱고 잘생긴 모습이었지요.

이들은 우두머리인 화랑과 화랑을 따르는 무리인 낭도로 구성된 용감하고 씩씩한 소년들이었어요. 하루 종일 함께 모여 열심히 수련한 화랑과 낭도들은 해가 뉘엿뉘엿 지는 저녁이 되어서야 말에서 내려왔어요.

"오늘 하루도 보람차게 보냈어. 그렇지?"

"그래, 이렇게 열심히 수련하다 보면 반드시 나라를 위해 일을 할 기회가 올 거야."

"자, 다들 애썼어. 이제 산에서 내려가자."

소년들은 서로 어깨를 토닥이며 환한 얼굴로 산 아래로 향했어요. 산에서 내려가는 길은 이미 어둑어둑했어요. 어느새 산 위로 달이 둥실 떠올라 화랑들의 앞을 밝혀 주었지요.

"내일은 또 어디로 가 볼까?"

"글쎄, 이 나라의 이름난 산과 강은 모두 다녀 보아야겠지?"

"암, 그렇고말고. 하하하!"

무리를 이끄는 두 화랑인 귀산과 취항은 서로 마주 보며 활짝 웃었어요. 귀산과 취항은 어릴 때부터 한마을에서 자란 친구였어요. 용모가 수려하고 매우 똑똑해서 마을 사람들의 칭찬을 한몸에 받는 소년들이었지요. 두 사람 가운데 누가 더 나은지 가리기 힘들 정도로 둘은 모든 면에서 비슷했어요.

　귀산과 취항은 글을 익힐 때에도 함께했고, 말을 타는 법을 배울 때에도 함께했지요. 또 무술 시합을 벌여도 승부를 가리기 힘들 만큼 둘의 실력은 비슷했어요. 귀산과 취항은 늘 서로 격려하며 함께 공부하고 수련했어요. 화랑으로 뽑힐 때에도 함께였지요.

"우리 마을에서 화랑이 둘씩이나 나오다니. 경사로군!"

"그러게 말이야. 낭도 수백 명을 거느리는 화랑이 둘이나 나왔으니 이 어찌 자랑스럽지 않겠나."

마을 사람들도 귀산과 취항을 무척 자랑스러워했어요.

귀산과 취항은 자신들을 따르는 낭도들을 돌아보며 생각에 잠겼어요.

'저들은 우리를 보고 그대로 따르겠지? 그러려면 우리가 좋은 본보기가 되어야 할 텐데…….'

'우리가 올바르게 살아가려면 어떤 마음가짐을 가져야 할까? 아, 훌륭하신 분에게 인간이 지녀야 할 올바른 도리에 대해 듣고 싶구나.'

그때 바로 뒤에서 두 사람의 귀가 솔깃해지는 이야기가 들려왔어요.

"그 소문 들었어?"

"무슨 소문?"

"수나라에 유학하러 가셨던 원광 법사께서 돌아오셨대."

귀산과 취항은 얼른 되물었어요.

"원광 법사라면 중국에서도 크게 이름을 떨치신 그분 말인가?"

"네, 그렇습니다. 이번에 진평왕께서 내리신 특별 분부를 받고

귀국하셨답니다."

"그래? 지금 어디에 계신지 알고 있나?"

"가슬사라는 절에서 사람들에게 부처님의 말씀을 가르치고 계신다고 합니다."

귀산과 취항은 마주 보며 고개를 끄덕였어요. 이미 마음이 통한 것이었지요.

'그래, 원광법사를 찾아가자.'

'가서 화랑이 지녀야 할 덕목과 도리에 대한 가르침을 듣자.'

산에서 내려온 두 사람은 그길로 가슬사를 찾아갔어요. 가슬사에 도착하자 소문으로만 듣던 원광 법사가 온화한 얼굴로 두 사람을 맞이했어요. 두 사람은 공손히 절을 올리고 나서 말문을 열었지요.

"저희는 이 나라의 화랑으로 수백 명의 낭도를 거느리고 있습니다. 하지만 속세에 살고 있어 어리석기 그지없습니다. 바라건대 저희에게 부디 한 말씀만 가르쳐 주십시오. 그 말씀을 계명으로 삼아 올바른 사람이 되겠습니다."

원광 법사는 귀산과 취항을 지긋이 바라보았어요. 그리고는 말했어요.

"무릇 불가에서는 보살계라고 하여 열 가지 계명을 지키고 있다네. 하지만 그대들은 속세에 몸을 담은 사람들이니 그 계명을 다 지키기는 어려울 것이야. 하여 속세에서 꼭 지켜야 할 다섯 가지 계명을 일러줄 터이니 잘 듣고 지키도록 하게."

귀산과 취항은 두 눈을 반짝이며 귀를 쫑긋 세웠어요.

"첫 번째 계명은 사군이충(事君以忠)이네. 임금님을 섬길 때 충성을 다하란 뜻이지. 둘째는 사친이효(事親以孝)라네. 어버이를 섬길 때 효도하라는 뜻일세. 셋째는 교우이신(交友以信), 친구를 사귈 때에는 항상 믿음으로 사귀어야 한다는 뜻이네. 넷째는 임전무퇴(臨戰無退), 싸우는 마당에서는 물러남이 없어야 한다는 뜻

이지. 그리고 마지막 다섯째는 살생유택(殺生有擇)일세. 산 것을 죽일 때에는 가려야 한다는 뜻이야. 이 다섯 가지 가운데 어느 하나도 소홀해서는 안 되며 늘 마음에 새겨 지키기를 바라네.”

귀산과 취항은 원광 법사의 가르침을 단단히 새겨들었어요.

“감사합니다. 법사님의 말씀대로 살겠습니다.”

그리하여 두 사람은 세속오계를 마음속에 되새기며 더욱 열심히 화랑의 길을 걸었어요.

그러던 어느 날, 백제군이 신라로 쳐들어왔어요. 백제군은 신라의 아막성을 포위하고 신라군을 위협했지요. 이에 진평왕은 귀산과 취항에게 소감이라는 벼슬을 내리고 전쟁터로 나가게 했어요.

“자, 나가자!”

“한 치의 두려움도 없이 싸우자! 돌격 앞으로!”

귀산과 취항은 용감하게 싸웠어요. 신라군의 맹렬한 기세에 백제군은 주춤거릴 수밖에 없었지요. 마침내 백제군은 성을 포기하고 후퇴하기 시작했어요.

“어서 추격하라!”

귀산과 취항이 이끄는 군대가 백제군을 뒤쫓았어요. 그런데 백

제군은 도망치면서 한쪽에 몰래 복병을 숨겨 두고 기다리고 있었어요. 한참을 추격하던 신라군이 마침내 힘이 빠져 발길을 돌리려고 할 때였어요. 숨어 있던 백제군이 뛰어나와 귀산이 속한 군대를 공격했지요.

백제군의 갑작스러운 공격에 당황한 신라군은 우왕좌왕했어요. 이때 귀산이 외쳤어요.

"내 원광 법사에게서 용사는 싸움터에서 물러서지 않는다는 말을 들었거늘 어찌 달아날까 보냐!"

귀산은 백제군 속으로 뛰어들어 있는 힘을 다해 싸웠어요. 그 모습을 본 취항도 함께 칼을 휘두르며 온 힘을 다해 싸웠지요. 이런 두 사람의 모습을 보고 힘을 얻은 신라군은 다시 맹렬히 백제군을 무찔렀어요. 그 기세에 백제군은 바람에 떨어지는 낙엽처럼 쓰러져 갔지요.

마침내 신라군이 이겼어요. 하지만 귀산과 취항은 크게 부상을 입어 돌아오는 길에 그만 죽고 말았지요.

그 소식을 전해 들은 진평왕은 몹시 슬퍼하며 통곡했어요.

"아, 이 나라의 훌륭한 화랑 둘을 잃었구나. 귀산과 취항을 정성껏 장사 지내고 벼슬을 내리도록 하라."

그리하여 귀산에게는 내마라는 벼슬이, 취항에게는 대사의 벼슬이 내려졌어요. 귀산과 취항의 죽음으로 널리 알려진 세속오계는 이때부터 화랑도가 지키며 실천으로 옮겨야 할 실천 강목이 되었답니다.

화랑도의 기원은 신라 시대 이전으로 거슬러 올라가요. 예부터 우리나라에는 촌락이나 부족 단위로 일정한 나이가 된 청소년들이 모여 단체 생활을 하며 공동체 의식을 기르는 모임이 있었어요. 이러한 모임은 그 사회의 전통을 중히 여기며 무예를 익히고,

춤과 노래를 익히며 삼국 시대까지 이어져 왔어요.

특히 신라에서는 인재를 뽑아 기르기 위해 화랑도를 만들었어요. 당시는 고구려, 백제, 신라 세 나라가 치열하게 힘겨루기를 할 때였어요. 그래서 화랑도는 단순한 청소년 모임이 아닌 정치, 군사 조직으로 발전했지요.

화랑도에는 귀족의 자제뿐만 아니라 평민의 자식도 들어갈 수 있었어요. 화랑도에서는 귀산과 추항을 비롯해 김유신, 관창, 사다함 같은 훌륭한 인재가 많이 나왔지요. 화랑도는 신라가 어려운 시기를 극복하고 삼국을 통일하는 데 큰 역할을 했답니다.

신라의 멸망과 함께 화랑도라는 이름도 함께 사라졌지만, 그 정신은 훗날 고려와 조선에까지 계속 이어졌어요. 나라에 어려운 일이 닥치면 의병이라는 이름으로 모여 일어섰던 것도 모두 화랑도의 정신에서 나온 것이지요.

그런 만큼 오늘날에도 화랑도의 뜻을 되살리자는 목소리가 높아지고 있답니다.

화랑도 이전에 있었던 제도, 원화

신라에는 각 촌락마다 청소년들의 모임이 있었어요. 이 모임은 촌락이나 부락 단위의 모임이어서 규모가 작았지요. 그런데 신라가 점점 모양새를 갖추며 발전하게 되자 나라에서 젊고 능력 있는 인재를 뽑으려는 움직임이 일어났어요. 그러다가 진흥왕 37년 봄에 원화 제도를 만들었는데, 이것이 나중에 화랑도가 되었지요.

《삼국사기》에는 원화를 만든 목적이 다음과 같이 기록되어 있어요.

"진흥왕은 인재를 알아보지 못함을 유감으로 여겨 사람들을 모아 떼 지어 놀게 한 뒤 그 행동을 살펴 인재로 등용하기로 하였다."

처음에 원화는 남모와 준정이라는 아름다운 여자 두 명이었어요. 이 두 미

녀는 각자 젊은이 300명을 뽑아 춤과 노래를 가르쳤지요. 그런데 남모와 준정은 질투심이 무척 강했어요. 어느 날, 남모를 시기한 준정이 남모를 자기 집으로 꾀어 술에 취하게 한 뒤 강물에 빠뜨려 죽였지요. 그 뒤 이 일이 알려져 결국 준정도 목숨을 잃었고 원화 제도는 없어졌어요.

그 뒤로 생김새가 수려한 남자를 뽑아 화랑이라고 부르고 그를 따르는 무리를 낭도라고 했는데, 이것이 바로 화랑도랍니다. 화랑들은 음악과 노래를 즐겼고 경치가 빼어난 산과 강을 찾아 돌아다니며 몸과 마음을 닦았어요. 온 나라 안에 화랑들이 가지 않은 곳이 없었다고 해요. 그렇게 지내다가 나라가 위험에 처하면 용감히 나가 싸웠지요.

화랑도에서는 숱한 인물이 배출되었어요. 신라 시대에 이름을 떨친 사람은 대부분이 화랑도 출신이라고 해도 지나친 말이 아니에요. 김유신, 사다함 등이 대표적이지요.

아름다운 장례 풍습을 이어 내려온
향도

"아버님! 아버님! 눈 좀 떠 보세요!"

"아이고, 아버지!"

"할아버지! 으앙!"

칠석이네 집에서 울음소리가 터져 나왔어요. 오랫동안 병을 앓던 칠석이 할아버지가 돌아가신 거예요.

"결국엔 가셨구먼."

"하긴 고생하실 만큼 하셨으니 이제 좋은 세상에서 편히 지내시겠지."

칠석이네 소식을 들은 마을 사람들이 하나 둘 모정에 모여들었어요.

"자, 돌아가신 분은 돌아가신 분이고 이제 장례를 잘 치러야 하지 않겠나?"

마을의 이장님이 칠석이 아버지의 어깨를 두드리며 말했어요.

"네, 그저 어르신들께서 하시는 대로 따르겠습니다. 어련히 알아서 잘해 주시려고요."

칠석이 아버지도 고개를 끄덕였어요.

"이럴 때 향도가 제 몫을 다하는 거지. 지난번 회합 때 준비해 두었던 상복이 어디에 있더라?"

향도는 오랜 세월 전해져 내려온 마을 사람들의 모임이에요. 마을 사람들이 한 달에 한 번씩 모여 회의도 하고, 술을 마시거나 작은 잔치를 벌이기도 하며 서로 돕는 전통을 지켜 온 모임이지요.

향도의 회의에서는 앞으로 벌어질 마을의 크고 작은 일을 미리 준비하고, 그에 필요한 물품이나 경비를 공동으로 거두기도 했어요.

이번 칠석이 할아버지의 장례도 그렇게 미리 준비해 둔 덕에 순조롭게 진행될 수 있을 터였어요.

"아, 상복이라면 저희 집에 두었습니다."

용칠이 총각이 손을 번쩍 들면서 말했어요.

"관도 이미 준비해 두었습지요. 그건 제 일이었습니다."

복길이 아버지도 가슴을 탕탕 치며 말했어요.

"자, 어서 서두르게나. 상여도 준비하고 상두꾼도 뽑아야지."

이장님의 말이 떨어지자마자 마을 사람들은 분주히 움직였어요.

초상을 치르게 될 칠석이네 집으로 마을 아낙들이 하나 둘 모여 들었어요. 하나같이 팔을 걷어붙이고 바쁘게 움직였지요. 한쪽에서는 전을 부치고, 다른 쪽에서는 국을 끓이는 등 부엌과 마당에서 갖가지 음식을 만들었어요.

그러는 동안 향도 무리는 동네에서 조금 떨어진 상여집으로 달려갔어요. 상여집은 알록달록한 꽃으로 장식한 상여를 두는 곳이지요. 그곳에서 사람들은 상여를 손보았어요.

"상여를 꺼내 쓴 지 꽤 시간이 흘렀으니 어디 망가진 곳이 없나 잘 살펴봅시다."

"암요, 장식도 제대로 다시 손을 보아야 할 거예요."

마침내 상여 정비를 끝낸 사람들이 상여를 메고 나왔어요.

"드디어 내일이 출상이지?"

"그럼 오늘 밤은 마을을 돌며 질펀하게 놀아야겠군."

"그렇지! 상여 놀이를 잘해야 고인도 마음 편하게 저세상으로 갈 수 있으니까."

"이렇게 놀다 보면 가족들의 슬픔도 덜어질 테지……."

"자, 그럼 시작해 볼까?"

상여를 멘 상두꾼들은 풍물을 치고 노래를 부르며 마을을 돌기 시작했어요.

어느덧 해가 지고 밤이 이슥해졌어요. 빈 상여를 멘 상두꾼들의 아리랑 노랫소리가 온 동네에 울려 퍼졌어요.

아리아리랑 쓰리쓰리랑 아라리가 났네.

아리랑 응응응 아라리가 났네.

문경 세재는 웬 고개인가, 구부야 구부구부가 눈물이 난다.

서산에 지는 해는 지고 싶어지느냐.

날 버리고 가는 님 가고 싶어 가느냐.

아리아리랑 쓰리쓰리랑 아라리가 났네.

아리랑 응응응 아라리가 났네.

드디어 상여가 칠석이네 집으로 들어왔어요.

"자, 여기 술 한잔 드시고 하세요."

"닭도 잡았으니 어서 드세요."

동네 아낙들이 정성껏 준비한 음식을 내왔어요.

"여기 약소합니다만……."

칠석이 아버지는 감사의 뜻으로 엽전 꾸러미를 내놓았어요. 마을 사람들은 칠석이 할아버지의 시신이 담긴 관을 정성껏 상여에 실었지요. 그러고는 마당에 둘러앉아 준비해 둔 음식을 먹으며 밤새워 이야기꽃을 피웠어요.

"아까 칠석이 아범이 준 돈은 늘 그래 왔듯이 향도의 공동 기금

으로 잘 쓰겠네."

이장님이 말했어요.

"암요, 여부가 있겠습니까. 이렇게 큰일이 생길 때마다 늘 요긴하게 써 왔으니 말입니다."

칠석이 아버지가 머리를 긁적이며 웃었어요.

"향도가 있어 정말 다행이에요. 이번과 같이 큰일을 어찌 우리 가족끼리 치를 수 있겠어요? 정말 감사합니다."

칠석이 어머니는 고개 숙여 인사를 했어요.

드디어 날이 훤하게 밝아 왔어요.

"자, 이제 상여를 메고 나가 봅시다."

상두꾼들이 상여를 번쩍 들어 어깨에 멨어요. 여자 남자 할 것 없이 온 마을 사람이 그 뒤를 따랐지요. 선소리꾼이 노래를 시작하자 사람들이 뒤를 받았어요.

이제 가면 언제 오나, 다시 못 올 가시밭길.

너화호 너화 넘차 너화호.

북망산천 웬 말인가, 황천길은 머나먼 길.

너화호 너화 넘차 너화호.

그렇게 장례는 순조롭게 진행되었어요. 모두 향도의 도움 덕분이었지요.

이렇게 향도는 백성들 사이에서 장례 풍습으로 이어져 내려왔어요. 《조선왕조실록》 태조 편에는 "외방 백성은 부모의 장례 일에 인근 향도를 모아 술을 마시고 노래를 부른다."라고 하여 향도의 전통이 잘 설명되어 있어요.

또 조선의 학자인 성현의 수필집 《용재총화》에서는 향도를 '참으로 좋은 풍속'이라며 이렇게 설명하고 있지요.

"오직 향도만은 아름다운 풍속을 간직하고 있다. 대체로 이웃의 사람들이 모두 모여 회합을 하는데, 그 수가 많게는 백 명에 이른

다. 매월 돌아가면서 술을 마시고, 초상을 당한 자가 있으면 같은
향도 사람들끼리 상복을 마련하거나 관을 마련한다.”

오늘날 상두꾼이란 말은 향도에서 향두로, 다시 상두로 변한 것
으로 향도에서 나온 것이라고 해요. 이렇게 향도는 상부상조의
전통을 기본으로 조직된 향촌 공동체로, 어려움을 함께 나누고자
한 우리 민족의 정서가 담긴 공동체라고 볼 수 있어요.

하지만 점차 유교의 제례 의식이 강조되면서 함께 모여 잔치를
벌이고 놀던 장례 문화는 점점 사라지게 되었지요. 따라서 향도
의 역할도 많이 줄어들게 되었고, 이제는 보기 힘든 문화가 되었
답니다.

화랑도에서 황두까지, 향도의 변천 과정

맨 처음 만들어진 향도는 신라 진평왕 때 만들어진 용화 향도라고 해요. 김유신이 속한 화랑도 조직이었는데, 불교의 영향으로 화랑도가 향도라는 이름으로 변하게 된 것이지요.

초기의 향도는 종교적인 색채가 강한 신앙 단체였어요. 향도의 구성원도 불교를 믿는 일반 신도들이었지요. 초기 향도에서는 불상을 만들고 사찰을 짓는 것을 돕거나, 법회가 열리면 시주를 하고, 사찰 음식이나 의복을 짓는 일 등 신앙생활과 밀접한 일들을 했어요.

고려 시대 후기에 이르면서 향도는 성격과 조직이 매우 다양해졌어요. 중앙의 높은 관리들로 이루어진 향도, 여성들만으로 이루어진 향도, 향촌의 농민들로 이루어진 향도 등 계층도 다양해졌고, 종교적인 색채는 사라지고 향촌 공동체 기능만 강조된 향도까지 생겨났지요.

조선 시대에 이르러 유교 사상이 들어오면서 향도는 거의 지방 공동체 조직으로 변화했어요. 따라서 향도가 하는 일에도 변화가 생겼지요. 마을 단위로 모여 친목을 도모하거나 장례를 치를 때 서로 돕는 일이 향도의 주된 활동이 되었어요.

16세기 이후 향약이 널리 퍼지면서 남쪽 지방의 향도는 거의 두레에 흡수되거나 장례를 치르는 상두 조직으로 변했어요. 북쪽 지방에서는 황두라는 노동 조직으로 변해 갔고요. 향도는 상두와 두레, 황두로 거듭나며 우리 민족의 공동체 정신을 이어 간 전통이라고 볼 수 있어요.

만선을 꿈꾸며 함께 벌인
풍어제

순길이네 마을은 해지는 풍경이 무척 아름다운 서해의 작은 섬 황도라는 곳이에요. 섬 한가운데에는 몇 십 년, 아니 몇 백 년을 묵었는지 알 수 없는 고목이 여러 그루 서 있고 그 가운데에 작은 당집이 있지요.

순길이는 그 당집에 누가 사는지 늘 궁금했어요.

"할머니, 당집에는 누가 살기에 마을 사람들이 그곳에 음식도 가져다 두고 절도 올려요?"

"당집에는 우리 마을을 지켜 주는 진대서낭이 산단다."

"진대서낭? 그게 누군데요?"

"옛날에 말이다, 고기잡이 나간 배가 그만 밤안개에 길을 잃어 버렸단다. 가도 가도 막막한 바다에서 한 치 앞도 내다볼 수 없었지. 그런데 멀리서 반짝이는 불이 보였단다. 바로 우리 섬의 당집에 사는 뱀이 불을 밝혔던 거야."

순길이는 눈이 휘둥그레졌어요.

"뱀? 그럼 당집에 뱀이 산단 말이에요?"

"그래, 그 뱀이 바로 우리 마을 지킴이인 진대서낭이란다."

할머니는 깜짝 놀라는 순길이를 보며 웃었어요. 그러고는 말을 이었어요.

“새해가 밝았으니 내일이면 또 온 마을 사람들이 어울려 풍어제를 지내겠구나. 올해도 잘 치러야 할 텐데…….”

며칠 전부터 마을 어른들이 모여 회의를 열고 바빴던 것도 바로 풍어제 때문이었지요. 순길이 아버지도 요 며칠 동네 모임에 참석하느라 저녁을 먹자마자 집을 비웠어요.

그날 밤 순길이는 어머니와 아버지가 하는 이야기를 들었어요.

“당신, 요즘 너무 무리하시는 것 아니에요?”

“지난 12월 15일 우리 마을 대동계에서 내가 올해 풍어제를 주관하는 제주가 되었잖소. 그러니 책임이 무겁구려.”

“다 같이 애써 준비했으니 잘될 거예요. 걱정 말고 주무세요.”

“그래요, 어서 잡시다.”

다음 날 아침, 순길이 아버지는 일찍 일어났어요. 정성껏 머리를 감고 세수를 한 뒤 마을 사람들이 한데 모여 있는 당집으로 달려갔지요.

“그 소 한번 실하군, 실해.”

“덩치도 크고 아주 좋아 보이는군요. 올해도 동쪽에서 좋은 소를 구해 오느라 애쓰셨어요.”

그곳에는 커다란 황소 한 마리가 큰 눈을 뒤룩거리며 서 있었어

요. 순길이 아버지는 깊이 숨을 들이마신 뒤 소를 잡았어요. 그러
고는 소에서 나온 피를 받아 고사를 지냈지요.
　마을 사람들은 모두 숨 죽여 그 모습을 지켜보며 올해를 시작하
는 제사가 잘 치러지기를 마음속으로 기원했어요.
　이렇게 오전 고사가 끝나고 오후가 되었어요.
　"자, 모두 배의 기를 들고 당집으로 올라갑시다."

마을 사람들은 배의 이름이 적힌 깃발을 들고 하나
둘 당집으로 모여들었어요. 그러고는 당집 앞에 한 줄로
기를 세웠지요.

용두호, 희망호, 기쁨호, 영랑호……. 황도의 작은 고
깃배들의 이름이 적힌 깃발이 힘차게 펄럭였어요.

"깨갱깽깽, 쿵덕쿵덕, 딸랑딸랑."

신명 나는 굿판이 벌어졌어요. 무당은 나쁜 잡귀를 몰
아내기 위해 춤을 추고 또 추었어요.

그렇게 오후 내내 굿을 벌이고 나자 이윽고 자정이 되었어요.

"비나이다, 비나이다. 올 한 해도 고기잡이 배들에 아무 탈이 없도록 바다를 보살펴 주옵시고, 배마다 그득그득 고기를 잡아 돌아올 수 있도록 살펴 주옵소서."

마을 사람들은 바다와 마을을 지켜 주는 섬의 지킴이에게 정성껏 당제를 올렸지요.

당제가 끝나자 이제 한숨 돌리는가 싶더니 또다시 굿판이 벌어졌어요.

연평 장군님 모셔 싣고

연평 바다로 돈 실으러 갑시다.

어허요, 어허요.

뱃집의 아주머니 정성 덕에

일 년 열두 달 내 눌러 북 친다.

어허요, 어허요, 어야디야.

한겨울이었지만 모두 땀이 흠뻑 젖을 정도로 신명 나게 노래를
부르며 놀았어요.

그렇게 놀다 보니 어느새 희끄무레 새벽이 밝아 왔어요.

"자, 이제 깃발을 뽑아 듭시다!"

순길이 아버지가 외쳤어요.

"가장 먼저 기를 꽂는 배가 올해도 만선을 하겠지?"

"그야 물론이지. 내가 일등이야! 내 달음박질을 누가 당하려고. 하하하."

"글쎄, 길고 짧은 것은 대 봐야 알지. 어디, 누가 먼저 깃발을 꽂을지 두고 보자고!"

마을 사람들은 저마다 자기 배의 깃발을 뽑아들었어요. 그러고는 바닷가에 묶여 있는 자기 배를 향해 있는 힘껏 달려갔지요. 서로 가장 먼저 배에 도착하려고 빨리 달음박질치다 보니 더러는 발을 헛디뎌 땅에 뒹굴기도 했어요.

이윽고 바닷가에 모두 모였어요. 배마다 정성껏 준비한 제물이 실려 있었지요. 마을 사람들이 함께 마련한 제물이었어요. 배에서 지내는 고사까지 마치자 드디어 모든 행사가 끝났어요.

하지만 정작 즐거운 행사는 이제부터였지요. 그것은 바로 마을 사람들 모두가 어우러져 붕기 타령을 부르며 신 나게 춤을 추는 것이었어요. 붕기란 어선들이 만선을 기원하며 배에 매다는 깃발이지요. 풍물이 울리고 마을 사람들 전체가 부르는 붕기 타령이 바닷가에 울려 퍼졌어요.

연평 바다 들어오는 조기

우리 배 망대로 다 잡아 냈구나.

배 임자네 아주머니 인심이 좋아

술동이 밥동이 다 뒤집어 이고

발판 머리서 엉덩이 춤 춘단다.

바람에 펄럭이는 기를 바라보는 마을 사람들의 기분에는 벌써 바닷속 물고기들이 다 그물 안에 들어온 것 같았어요.

"수고했소, 순길이 아범."

동네에서 가장 어른인 수호네 할아버지가 순길이 아버지의 어깨를 두드렸어요. 마을 사람들은 즐겁게 먹고 마시며 오후를 보냈지요.

저녁이 되자 순길이네 집으로 마을 어른들이 찾아왔어요. 올해 풍어제를 마무리하는 마을 회의를 하기 위해서였지요.

"올해도 마을 분들 모두가 힘을 합한 덕분에 무사히 풍어제를 마쳤습니다. 부디 사고 없이 평안하고 고기가 많이 잡히는 한 해가 되기를 바랍시다."

"에, 경비는 예정대로 모자람 없이 잘 사용되었습니다. 이것 역시 마을의 대동계가 잘 진행되었기 때문이지요. 모두 여러분의 덕입니다."

풍어제는 당제를 마친 결과와 거기에 쓴 돈을 마을 사람들에게 알려야 비로소 끝이 났어요.

이렇게 황도의 풍어제는 단순한 마을 축제나 제사가 아닌 마을 주민 전체가 참여하는 공동체 의식이었어요.

농촌에서 풍년을 빌며 서로 도와 일하듯이, 어촌 마을 주민들도 한마음으로 공동체의 평안과 안녕을 기원했지요. 바다에서 하는 일은 늘 위험이 따르기 때문에, 어촌에서는 이렇게 공동으로 제사를 지내며 마을 사람들이 한마음으로 뭉쳐 유대감을 강화시켜 왔어요.

풍어제는 동해안, 서해안, 남해안을 가리지 않고 바다에 가까운 곳이면 어느 곳에서나 열렸으며, 이 전통은 현재까지도 남아 전해시고 있답니다.

여러 가지 풍어제

삼면이 바다로 둘러싸인 우리나라에는 예부터 물고기를 잡으며 살아가는 사람들이 많았어요. 바다는 늘 위험이 도사린 곳이어서 바닷가 마을에서는 배와 사람의 안전을 비는 제사인 풍어제를 올렸어요. 다양한 풍어제에 대해 살펴보기로 해요.

어촌에서는 해마다 물고기가 많이 잡히기를 기원하는 풍어제를 열어 마을 사람들의 단결을 도모했어요.

풍어제는 배연신굿과 대동굿으로 열렸어요. 배연신굿은 배 위에서 벌이는 굿을 말해요. 대동굿은 마을 사람들이 모두 함께 비용을 마련해 마을의 안전과 화목을 비는 마음에서 벌이는 공동제이지요. 또 용왕을 모시는 별신

굿을 벌이기도 했어요.

이런 여러 가지 풍어제 가운데 특이한 풍습을 가진 것으로 위도 띠뱃놀이가 있어요. 전라도 칠산 바다에 있는 섬 위도는 예부터 조기잡이 어장으로 유명해요.

위도에서는 해마다 마을 사람들 가운데에서 제사를 지낼 제관을 뽑아요. 그리고 음력 정월 초사흗날이 되면 오색찬란한 기를 들고 온 마을 사람이 당집에 올라가 굿을 벌여요. 당굿이 끝나면 마을 앞 바닷가에서 짚, 싸리나무 등을 엮어 띠배를 만들고 그 안에 고기, 과일, 떡 등 여러 가지 제물과 허수아비 도깨비를 싣지요. 위도 사람들은 이 띠배를 바다에 띄워 보내면서 온갖 나쁜 액운도 함께 떠내려가기를 빌었어요. 이러한 띠뱃놀이는 지금도 계속 이어지고 있답니다.

신명 나게 함께 어우러진

풍물패

한 사내가 굽이굽이 산굽이를 돌아 고향을 찾아가고 있었어요. 며칠을 걸었는지 사내의 얼굴은 무척 피곤해 보였어요. 힘차게 내딛던 다리도 어느새 힘이 빠져 질질 끌렸지요. 그때였어요.

"깨갱깽깽, 둥둥둥."

먼 들판에서 흥겨운 가락이 들려왔어요. 사내의 귀가 솔깃해졌어요. 그 소리는 언제 들어도 신명 나는 고향의 풍물 굿 소리였거든요.

"드디어 고향에 다 왔구나. 조금만 힘을 내자. 어서 가야지."

사내의 발걸음에 다시 힘이 실렸어요. 마을 어귀에 다다르자 마을 사람들이 몰려나와 있는 모습이 보였어요. 마을 사람들의 얼굴에는 기쁨과 즐거움이 가득했지요.

훤하게 떠오르는 달이 사람들의 환한 얼굴에 빛을 더했어요. 아버지 어깨 위에 무등을 타고 덩실덩실 춤을 추는 아이, 구부정한 허리로 막대를 짚고 춤을 추는 할아버지, 엉덩이를 쑥 빼고 흔들

흔들 춤을 추는 아낙……. 마을 사람들이 모두 어우러져 신 나게 춤추는 모습은 참으로 흥겨웠어요.

"아, 얼마나 아름다운 모습인가!"

사내는 가슴이 뭉클해졌어요.

풍물패의 가장 우두머리인 상쇠가 꽹과리를 치며 말했어요.

"오늘 마을에서 걸립을 할 예정입니다. 걸립을 받을 집은 손을 들어 알려 주세요."

걸립이란 동네에서 경비가 필요할 때, 여러 사람이 패를 짜서 돌아다니며 풍물을 치고 재주를 부려 돈이나 곡식을 구하는 일을 말해요. 상쇠의 말이 떨어지기 무섭게 마을 사람들이 손을 들었어요.

"저요!"

"우리 집도요!"

"우리도 빠질 수 없지. 여기요!"

상쇠는 고개를 끄덕였어요.

"좋습니다! 자, 어디 한번 시작해 볼까요?"

"예이!"

상쇠의 꽹과리 소리를 시작으로 풍물패가 연주를 시작했어요. 둥둥둥 북소리, 징징징 징소리, 쿵딱쿵딱 장구 소리, 딱딱딱 소고와 삘릴리 태평소 소리가 흥겹게 어우러졌지요. 거기에 빙글빙글 상모돌리기가 시작되자 아이들의 입이 딱 벌어졌어요.

"와, 멋지다!"

"나도 저렇게 해 보고 싶어."

풍물패는 마을 회의 장소로 달려가 한바탕 신 나게 굿을 했어요. 그러고는 한 집 한 집 차례로 돌기 시작했지요.

> 별 따세, 별 따세, 하늘 잡고 별 따세.
> 줄기줄기 물줄기, 골짝골짝 산줄기.
> 콩 꺾자, 콩 꺾자, 두렁 너머 콩 꺾자.
> 주인, 주인, 문 여소. 복 들어가니 문 여소.

창을 하는 중간에 가락을 붙이지 않고 이야기하듯 엮어 나가는

풍물패의 사설에, 집주인은 두 손으로 정성껏 상을 받쳐
들고 마루에 내려놓았어요. 상 위에는 쌀을 수북하게 담은
그릇을 놓아 두었지요. 쌀에는 실타래를 걸친 숟가락이 꽂혀
있었어요. 그릇 옆에는 엽전 꾸러미도 놓여 있었지요.

풍물패는 집 마당에서 신 나게 굿을 벌였어요. 이윽고 집주인
이 술과 음식을 차려 내왔어요.

"자, 어서 드시고 복 많이 빌어 주세요."

상쇠는 꾸벅 인사를 하고 풍물패를 향해 눈을 찡긋했어요.

"이보게들, 정성껏 차린 국과 음식에 김이 술술 나네그려. 어서
치고 술 먹세!"

그러자 풍물패는 신 나는 연주로 화답했지요.

"쿵덕쿵덕, 둥둥둥, 삘릴리삘릴리."

상쇠는 다시 말을 이었어요.

"이 집은 아무개 집이온데 이 집 주인님, 안방마님, 어린 자식
들 모두 일 년 열두 달, 삼백육십오 일, 물 묻은 바가지에 깨 달라
붙듯 복이 충만하시고 나쁜 액일랑 저기 강물에 훌훌 떠내려가길
비나이다!"

집주인은 연신 꾸벅꾸벅 절하며 감사를 표했어요. 그렇게 풍물패는 온 마을을 돌며 한 집 한 집 정성껏 복을 빌어 주었어요. 한 차례 풍물 굿을 마칠 때마다 쌀과 음식, 엽전 꾸러미가 수북수북 쌓였지요. 마침내 온 마을의 집을 다 돌고 나서야 풍물 굿은 끝이 났어요.

그날 밤, 마을 회관에서는 밤이 이슥하도록 풍물패의 웃음소리가 흘러나왔어요.

"올해도 꽤 많이 걷혔구먼. 허허허."

"해마다 이렇게 넉넉히 내놓으니 얼마나 고마운지 몰라요."

"다들 우리 마을을 위해서 그러는 것 아니겠어? 올해도 복 많이 받을 거야. 하하하."

"자, 그럼 얼마나 되는지 계산해 보자고."

이날 걷힌 돈과 쌀은 한 해 동안 마을에 중요한 일이 있을 때마다 사용될 공동 기금이었어요. 또 풍물 굿에 쓰이는 악기를 수리하거나 새로 장만 하는 데 쓰이기도 했지요.

"이제 이번에 걷힌 돈을 어떻게 쓸지 계획을 세워 볼까."

“봄에 공동으로 농기구를 살 때 얼마를 써야겠지요.”

“지난해 겨울 동안 망가진 마을 회관의 지붕도 수리하고.”

마을 사람들은 한 해 계획을 세우며 밤이 깊어 가는 것도 몰랐어요. 그때였어요. 풍물패에서 나이가 가장 젊은 돌쇠가 말했어요.

“참, 지난번 장터에서 놀이패가 벌인 재주들 보셨어요?”

“하! 그것참 재미나더구먼. 연주 또한 신명 나고 말이야.”

“다음번 굿에서는 우리도 그런 재주 하나쯤 선보이는 게 어떨까
요?”

“예끼, 이 사람! 우리가 나이가 들어 그런 걸 할 수 있겠어?”

풍물패에서 태평소를 맡고 있는 가장 나이 많은 어른이 말했어
요. 그러자 풍물패를 이끄는 상쇠를 맡은 돌이 아버지가 말했어요.

“아니, 돌쇠의 말도 일리가 있어요. 매번 똑같은 연주와 사설을
하면 지루하지요. 이왕이면 더 신명 나게 굿을 벌여야 마을 사람
들도 흥이 날 것 아니겠어요?”

그러고는 돌쇠에게 말했어요.

“어디, 자네가 한번 연습해서 보여 보게나.”

돌쇠는 머리를 긁적이며 부끄러운 듯 대답했어요.

“네, 그럼 제가 한번 해 보겠습니다.”

이렇게 해서 밤이 늦도록 계속되던 마을 회의도 끝이 났어요.
풍물패는 다음 굿을 기약하며 각자 집으로 흩어졌지요. 밤하늘에
는 휘영청 밝은 달이 온 마을을 평화롭게 비추었답니다.

흔히 ‘농악’으로 알려진 풍물 굿은 ‘지신밟기’, ‘매귀굿’, ‘두레풍
장’, ‘걸립’ 등 쓰임새에 따라 다른 이름으로 불리며 우리 농민의
삶과 함께해 왔어요. 본래는 대보름에 귀신을 쫓기 위한 굿으로

시작되었는데 이것이 농사일과 함께하며 더욱 발전되어 온 것이지요.

모내기하며 북을 치고 흥을 돋우던 ‘모방구’나, 김매기를 할 때 논두렁에서 풍물을 치던 ‘두레풍장’ 등은 힘을 합쳐 돌아가며 서로의 일을 해 주는 공동체적인 삶과 깊은 연관이 있다고 볼 수 있어요. 흥겨운 꽹과리 소리와 북소리에 일손과 마음을 맞추며 일하는 모습은 참으로 정겨웠답니다. 또 마을에 어려운 일이나 경사가 있을 때에도 풍물패의 연주는 큰 힘이 되었지요.

풍물패는 마을에 일이 있을 때마다 굿을 벌이고 거기에서 얻는 수입을 마을 공동의 일에 다시 사용했어요. 이러한 풍물 굿은 농사를 지을 때 연주하는 곡이란 뜻에서 농악이라고도 불렀지요.

하지만 단순히 농촌의 음악으로 불리기에는 풍물 굿이 가진 의미가 너무 커요. 풍물 굿에는 노래도 있고, 춤도 있었으며 노동과 놀이도 있었어요. 또 우리 민족의 신앙도 담겨 있었지요. 한마디로 말해서 풍물 굿은 우리 민족이 하나로 엮이는 대동 놀이였다고 볼 수 있어요. 오늘날에는 사물놀이라는 이름으로 풍물놀이의 훌륭함이 세계적으로 인정받고 있답니다.

사람들을 한곳으로 모은 풍물패

풍물패가 굿을 벌일 때에는 항상 선두에 커다란 깃발을 앞장세워요. 풍물패의 상징인 이 깃발에는 '농자천하지대본', 즉 '농사가 하늘과 땅의 일 가운데 가장 큰 근본'이라는 뜻의 글이 쓰여 있어서 농기라고 불렸어요.

조선 시대의 농민들은 풍물패의 농기 아래에서 늘 뭉치고 힘을 모았어요. 그러다가 나라에 전쟁이 나면 군사가 되거나 의병이 되어 외적과 용감히 싸웠지요. 평소 풍물 굿을 즐기며 함께 어울렸던 경험을 실제 전투에도 적용했던 거예요.

또 풍물패는 1894년 동학 농민 운동을 일으키는 데에도 큰 역할을 했어요. 동학 농민 운동의 시작인 고부 농민 봉기 때 사람들을 모이게 한 것이 바로

풍물패였지요. 봉기를 처음 시작한 사람들이 십여 마을의 풍물패를 동원했는데 그 풍물패들이 굿을 벌이며 모은 사람이 수천 명에 달했다고 해요. 그러니 풍물패의 역할이 얼마나 컸는지 미루어 짐작할 수 있겠지요? 그 뒤에도 각종 크고 작은 농민 운동이 일어날 때마다 풍물패들은 맨 앞에 서서 무리를 모으거나 이끌어 갔어요.

이렇게 사람들을 모으는 데 큰 역할을 한 풍물패의 굿판은 일제 강점기까지 이어져 왔어요. 하지만 일제 강점기 말에 일본이 전쟁을 치르는 데 필요한 무기를 만들기 위해 집집마다 꽹과리나 징 같은 악기들을 빼앗아 가면서 풍물패의 연주를 듣기가 힘들어졌지요.

그 뒤 서양 음악이 들어오면서 점점 사라져 가다가, 현대에 이르러 다시 인정을 받기 시작한 풍물패의 풍물놀이는 이제 세계적으로 인정받는 우리의 소리가 되었답니다.

함께 즐기며 나라를 구한 대동 놀이
강강술래

휘영청 밝은 달이 뜬 밤이었어요. 곧 다가올 풍요로운 추석을 맞아 모두 기쁨에 젖어야 할 때였지요. 하지만 전라남도 해남의 바닷가에는 긴장감이 감돌았어요. 왜구가 자주 쳐들어왔기 때문이에요. 바닷가 주민들은 왜구가 언제 배를 이끌고 쳐들어올지 몰라 항상 긴장을 해야 했어요.

"얼마 전 남해 어란포에 나타난 왜구를 새로 오신 수군통제사께서 격침했다면서?"

"응, 열세 척의 배만으로 잘 싸우신 모양이야."

"뭐? 고작 열세 척밖에 안 되는 배로 이겼단 말이야?"

"저번에 다대포에서 큰 싸움이 났을 때 우리 배를 거의 잃었다지 뭔가. 거기서 남은 것이 열세 척이라고 하지, 아마?"

"그때 싸움을 승리로 이끈 이순신이란 분이 새로운 수군통제사로 오셨다고 하더라고."

마을 주민들은 모이기만 하면 전쟁 이야기로 수군거렸어요. 새로 온 수군통제사에 대한 이야기도 끊이지 않았지요.

"이번에 이곳 우수영으로 진영을 옮긴다고 하더군."

"또 한바탕 난리가 벌어지겠군. 그나저나 얼마 안 되는 함대로 어찌 왜구의 드센 공격을 당해 낼지 걱정이야."

상황이 이러니 추석이 다가와도 사람들의 마음은 어수선하기만 했지요. 하지만 날이 갈수록 둥글게 차오르는 환한 달을 바라보며 모두의 마음 한구석에도 설렘이 찾아들었어요.

"달래야, 순임아! 동산 위에 올라가지 않을래?"

"동산 위엔 뭐 하러?"

"이제 추석도 다가오니 강강술래나 하며 놀아 보자."

"아, 참! 그렇구나. 아무리 전쟁 때문에 어수선해도 달님에게 올 한 해 농사가 잘되게 해 주신 걸 감사드려야지."

저녁이 되자 마을 처녀들과 아낙들은 하나둘 모여 동산 위로 올라갔어요.

"다들 모였지? 그럼 시작해 볼까?"

나풀나풀 치맛자락을 펄럭이며 마을 처녀들과 아낙들은 손에
손을 잡고 보름달처럼 둥근 원을 만들었어요. 가장 목소리가 고
운 곱단이가 천천히 노래를 부르기 시작했지요.

강강술래, 강강술래.
달 떠 온다, 달 떠 온다.
동해 동천 달 떠 온다.

마을 여자들은 노랫소리에 맞추어 천천히 발걸음을 옮겼어요.
손에 손을 잡은 채 둥그렇게 원을 그리며 빙글빙글 돌기 시작했
지요. 여자들은 한목소리로 노래를 불렀어요.

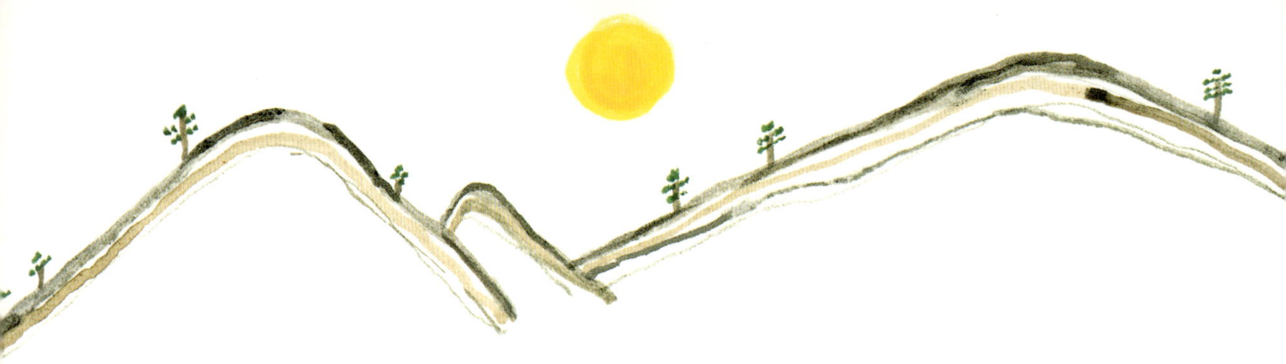

강강술래, 강강술래.

딸아 딸아 막내딸아, 강강술래.

발을 벗고 샘에 가냐, 강강술래.

텃논 팔아 신 사 주랴, 강강술래.

텃밭 팔아 종 사 주랴, 강강술래.

여자들의 발걸음이 노랫가락에 맞추어 점점 빨라졌어요.

강강술래, 강강술래.

뛰어 보세, 뛰어나 보세, 강강술래.

욱신욱신 뛰어나 보세, 강강술래.

높은 마당이 깊어지고, 강강술래.

깊은 마당이 높아나지게, 강강술래.

여자들은 원을 그리며 빙글빙글 빠르게 돌았어요. 한참 동안 달

무리를 일으키듯 신 나게 돌던 여자들은 가쁜 숨을 몰아쉬며 다시 천천히 돌았지요. 그렇게 한참을 돌고서야 맞잡은 손을 놓으며 활짝 웃었어요.

"달님도 우리 마음을 아시겠지?"

"그럼! 올해도 농사는 풍년, 고기잡이배들은 만선일 거야."

이렇게 강강술래를 마치고 내려오는 여자들의 모습을 먼발치에서 지켜보는 사람이 있었어요. 바로 새로 온 수군통제사 이순신이었지요.

'아, 우리 민족은 늘 저렇게 평화롭고 즐거운 모습인 것을…… . 저 아름다운 모습을 지켜내야 할 텐데.'

그날 밤 이순신은 잠을 이루지 못했어요. 지난번 전쟁 때 승리를 거두긴 했지만 배 한 척을 잃어 이제 남은 배라고는 열두 척밖에 되지 않았기 때문이에요.

그런데다 왜구가 그 열 배나 달하는 배로 쳐들어올지도 모른다는
소문이 파다했어요.

'어떻게 하면 적은 수의 배로 그 많은 배를 물리칠 수 있을까?
무턱대고 싸웠다가는 승산이 없을 텐데…….'

이순신은 두 눈을 질끈 감았어요. 그때였어요. 문득 조금 전 마
을 여자들이 했던 강강술래가 떠올랐어요.

"바로 그거야!"

이순신은 무릎을 탁 쳤어요. 다음 날 이순신은 부하들을 이끌고 회의를 했어요.

"우리에게 남은 배라고는 열두 척뿐이다. 그것으로는 백 척이 넘는 왜구를 당해 낼 수 없다. 그러니 적에게 우리 수를 많게 보이게 해서 스스로 물러나게 해야 한다."

이순신의 말을 들은 부하들은 고개를 갸웃했어요.

"도대체 어떤 방법을 쓴단 말입니까?"

"어제 마을 부녀자들이 동산에 올라 강강술래를 하는 모습을 보았다. 오늘부터 당장 마을 부녀자들에게 남자 옷을 입혀 바다에서 잘 보이는 옥매산 중턱에 모이도록 하라. 그들에게 강강술래를 시키면 적군이 그 모습을 보고 우리 군사가 행군하는 것으로 알 것이야."

부하들은 그제야 고개를 끄덕였어요.

그날 밤 옥매산에는 마을의 처녀, 아낙네 할 것 없이 많은 여자가 몰려들었어요. 모두 손에 손을 맞잡고 강강술래를 부르며 빙글빙글 돌기 시작했지요. 많은 수가 한마음이 되어 도는 모습은 대단한 볼거리였어요.

한편, 왜구들이 탄 배가 바닷가로 서서히 다가오고 있었어요. 예상했던 대로 배의 수는 아군의 수보다 무려 열 배나 많은 일백서른세 척이나 되었지요. 그런데 적들이 웅성거리기 시작했어요.

"아니, 분명히 배의 수가 적다고 하지 않았나?"

"그런데 저기 좀 봐. 저리 많은 군사가 있다면 도대체 얼마나 많은 배가 기다리고 있다는 거야?"

"아무래도 안 되겠어. 일단 퇴각하라! 퇴각하라!"

왜구는 배를 돌려 후퇴하기 시작했어요. 그때였어요. 이순신이 지휘하는 배가 도망가는 배들의 길을 막고 공격을 했지요. 그 싸움으로 왜구는 엄청난 피해를 입었어요. 반면에 조선은 다시 바다를 되찾게 되었지요. 이 싸움이 그 유명한 명량 대첩이에요.

이렇게 강강술래는 단순한 부녀자들의 집단 놀이에서 한 걸음 더 나아가 나라를 구하는 데에도 큰 도움을 준 놀이예요.

명량 대첩으로 널리 알려진 강강술래는 원래 먼 옛날, 해안가 지방에서 전해져 내려오던 집단 잔치였어요. 풍요와 다산을 상징하는 달을 숭배하며 풍년과 풍어를 기원하던 마을 여자들의 놀이라고 볼 수 있지요. 마을 여자들은 보름달이 뜨는 밤이면 마을의 동산이나 언덕에 몰려나와 빙글빙글 돌며 놀았어요. 이러한 강강술래를 통해 서로 간의 정을 돈독히 하고 공동체 정신도 키워 왔지요.

강강술래의 기본 대형은 원이에요. 원은 중심에서부터 모든 사람이 같은 거리에 있지요. 즉, 강강술래를 하는 사람들은 모두가 동등하고 평등한 관계인 셈이에요. 서로 손을 잡은 채 발을 맞추고 호흡을 나누며 노래를 주고받는 강강술래는 어려운 일이 있을 때마다 사람들을 단결시키는 힘이 되어 주었답니다.

함께 준비하며 협동심을 길렀던 대동 놀이

대동 놀이는 주로 명절에 많이 이루어졌어요. 대표적인 대동 놀이로 줄다리기와 고싸움이 있지요.

이 두 놀이를 준비하는 과정에는 공통점이 한 가지 있어요. 두 놀이 모두 짚을 꼬아 만든 줄을 이용한다는 것이지요. 이 줄을 만들려면 집집마다 짚을 내놓아야 했어요. 마을 전체에서 짚을 모아야 했지요. 그런 다음 마을 주민

모두가 힘을 합쳐 줄을 꼬았어요.

이렇게 줄을 꼬는 것은 마을 사람 모두의 정성이 들어간다는 점에서 더욱 값진 과정이었지요. 길게는 백여 미터에 달하는 줄을 꼬는 동안 마을 사람들은 모두 한마음이 되었어요. 이렇게 꼰 줄은 마을 회관 역할을 했던 모정 앞에 놓아 두었다가, 정월 대보름이 되면 모두 모여 줄다리기를 하거나 고싸움을 했지요.

이렇게 한바탕 대동 놀이가 끝나면 마을 사람들은 마을 지킴이들의 옷을 갈아입히며 풍년을 기원했어요. 마을 입구의 장승, 마을 한복판에 있는 정자나무의 낡은 줄을 걷어 내고 새 줄로 옷을 해 입혔지요.

이처럼 우리 민족의 대동 놀이는 단순히 놀이로 끝나는 것이 아니었어요. 놀이를 준비하고 실행하는 모든 과정에서 우리 민족의 끈끈한 공동체적 삶을 엿볼 수 있다는 데 큰 의미가 있답니다.

교과가 튼튼해지는

우리 것 우리 얘기

예부터 서로 도우며 살아온 우리 조상들의 공동체 이야기, 잘 읽어 보셨나요?

우리 조상들은 농사를 짓고 물고기를 잡는 등 일을 할 때나 결혼 또는 장례 등 집안에 일이 있을 때마다 힘을 합쳐 서로 도왔어요. 마을 사람들이 한마음으로 크고 작은 일들을 해결하기 위해 조직한 것이 바로 두레, 계, 향도 등의 공동체였지요.

그럼 조상들의 공동체 문화에서 빠질 수 없는 풍물 굿에 대해 조금 더 알아보기로 해요.

함께 어우러져 즐겼던 풍물 굿

깽깽깽 꽹과리 소리와 삘리리 날라리 소리가 어우러진 신 나는 풍물놀이 혹은 풍물 굿을 본적이 있나요? 우리 조상들은 기쁠 때나 슬플 때나, 나라에 큰일이 있거나 마을에 행사가 있을 때마다 함께 모여 풍물 굿을 하며 모든 일이 잘되기를 기원했어요. 풍물 굿은 전국 방방곡곡에서 여러 가지 모습으로 행해졌지요. 그럼 풍물 굿에 쓰인 악기들과 함께, 어떤 풍물 굿들이 있는지 살펴볼까요?

꽹과리

놋쇠로 만들어 채로 쳐서 소리를 내는 악기예요. 징보다 작으며 주로 풍물놀이를 이끄는 상쇠가 쳐요.

태평소

우리나라 고유의 관악기로 나팔 모양으로 생겼어요. 나무로 만든 관에 구멍을 8개 뚫고, 한쪽 끝에는 깔때기 모양의 놋쇠를 달아서 소리를 내요.

징

꽹과리보다 크며 놋쇠로 만든 대야처럼 생긴 악기예요. 채로 쳐서 소리를 내며 소리가 부드럽고 무게가 있어요.

소고

양면을 가죽으로 메우고 나무 채로 쳐서 소리를 내는 악기예요. 크기가 작으며 자루 손잡이가 달려 있어요.

북

나무나 쇠붙이로 만든 둥근 통의 양쪽에 가죽을 팽팽하게 씌우고, 채로 가죽 부분을 쳐서 소리를 내는 악기예요.

장구

허리가 잘록한 오동나무 몸통에 한쪽에는 말가죽을, 한쪽에는 쇠가죽을 대고 팽팽하게 당긴 다음 채로 쳐 소리를 내요.

나발

위는 가늘고 아래는 퍼진 모양을 한 관악기예요.

당산나무 아래에서 마을의 안녕을 빌었어요

지금도 시골에 가면 마을 입구를 지키는 커다란 느티나무를 볼 수 있어요. 더운 여름날이면 마을 사람들은 하나둘 느티나무 아래로 모여들어 도란도란 이야기를 나누며 더위를 식혀요. 그러면서 마을의 중요한 일을 의논하기도 하고 어려운 문제를 해결하기도 하지요. 이렇듯 느티나무, 은행나무 등의 당산나무는 마을 공동체를 한데 모으는 중요한 역할을 했어요. 그래서 한 해가 시작되거나 농사를 시작할 때, 곡식을 거두어들일 때면 정자나무 앞에서 풍물 굿을 벌였답니다. 마을 공동체의 평화와 안녕을 비는 당산굿은 풍물 굿의 중요한 목적 가운데 하나였어요.

집집마다 돌면서 뜰밟이를 했어요

힘들고 고된 농사일을 마친 뒤, 마을 사람들은 함께 모여 신명 나게 악기를 연주하며 하루의 피로를 풀었어요. 그리고 함께 수고한 사람들의 집을 돌며 마당에서 한바탕 굿판을 벌였지요. 이러한 굿판을 뜰밟이, 또는 지신밟기라고 해요. 농기구를 들었던 손에 북, 장구, 꽹과리를

바꿔 들고 함께 농사지은 사람들과 기쁨을 나누었지요. 또 가을이 되어 함께 추수를 한 뒤에도 조상님께 감사하고 다음 농사가 잘되게 해 달라는 의미에서 풍물을 울리며 굿을 벌였답니다.

함께 모여 나라를 지키는 예비군이 되었어요

옛날부터 농민은 나라에 전쟁이 일어나면 군인으로 전쟁터에 나가야 했어요. 오늘날의 향토 예비군과 같은 셈이었지요. 풍물패들은 행진곡을 연주했고, 풍물에 쓰이는 악기인 태평소는 신호를 도맡아 군대를 움직이는 도구가 되었어요. 풍물 굿이 벌어질 때 앞장 서는 깃발인 농기 역시 군대를 이끄는 군기에서 시작되었다고 해요. 마을의 공동체가 똘똘 뭉쳐 나라를 지키는 데에도 앞장선 셈이지요.

바다에서도 풍물 굿을 벌였어요

섬이나 바닷가 마을에서도 풍물 굿이 벌어졌어요. 모두 함께 배를 타고 바다 한가운데로 나가 용왕님께 마을의 안녕을 빌고, 고기가 많이 잡히기를 빌었지요. 또 배가 들어오는 선창에서 신명 나게 풍물놀이를 한 뒤 집집마다 돌며 굿판을 벌이기도 했어요. 풍물패가 울리는 음악 소리가 먼 바다까지 울려 퍼질 수 있도록 사람들은 온 힘을 다해 신명 나게 굿판을 벌였답니다.

지금도 함께 모여 풍물 굿을 벌여요

1990년 베이징 아시안 게임 때의 일이에요. 남북의 풍물패들이 함께 풍물 굿을 벌였지요. 휴전선을 허물고 남과 북이 함께하자는 의미에서 열린 이 풍물 굿은 세계 여러 나라의 찬사를 받았어요. 남북이 하나의 공동체라는 것을 세계에 알린 셈이지요. 지금도 여러 고등학교나 대학교에서 축제 때면 모든 학생이 하나가 되는 풍물놀이를 벌이기도 해요. 이렇듯 현대 사회에서도 우리 민족이 하나 되는 힘을 발휘하는 데에는 풍물놀이만 한 것이 없답니다.

오십 빛깔 우리 것 우리 얘기 49

나누는 즐거움 우리 공동체

초판 1쇄 인쇄 | 2012년 2월 16일
초판 1쇄 발행 | 2012년 2월 23일

글쓴이 | 우리누리
그린이 | 김주리

발행인 | 김우석
제작 총괄 | 손장환
책임 편집 | 이정은
편집 | 최은정
마케팅 | 공태훈, 김동현, 이진규

편집 진행 | 김혜영
디자인 | 디자인꾼
인쇄 | 성전기획

발행처 | 중앙북스
등록 | 2007년 2월 13일 제 2-4561호
주소 | (100-732) 서울시 중구 순화동 2-6번지
편집문의 | (02)2000-6324
구입문의 | 1588-0950
팩스 | (02)2000-6174
홈페이지 | www.joongangbooks.co.krr

ⓒ 우리누리 2012

ISBN 978-89-278-0139-9
      978-89-278-0092-7 14800(세트)

이 책은 중앙북스(주)가 저작권자와의 계약에 따라 발행한 것이므로
이 책 내용의 일부 또는 전부를 이용하려면 반드시 중앙북스(주)의 서면 동의를 받아야 합니다.

- 많은 사람이 최선을 다해 만든 책입니다.
  그러나 혹시라도 잘못된 내용이 있으면 편집부로 연락바랍니다.
- 잘못 만들어진 책은 구입하신 서점에서 교환해 드립니다.
- 주니어중앙은 중앙북스의 어린이 책 브랜드입니다.

＊주니어중앙 카페에서 이 책과 관련된 독후활동 자료를 무료로 다운 받으실 수 있습니다.
http://cafe.naver.com/jbookskid